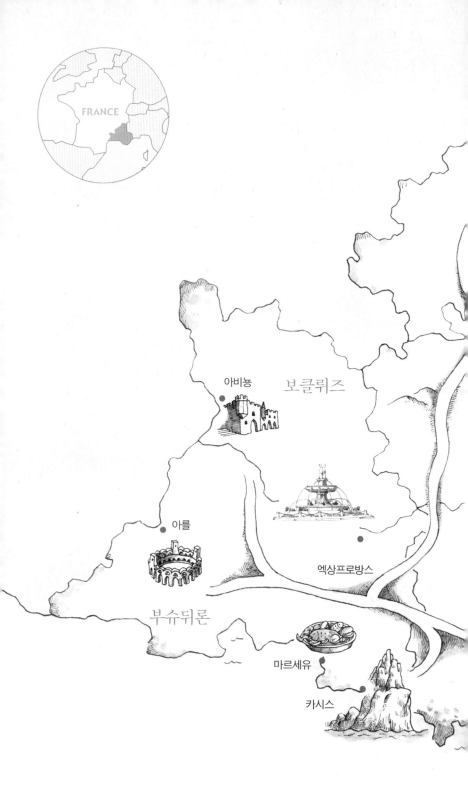

느리게 살아서
슬거운
나날들

원소영

1961년에 태어나 고려대학교 임학과를 졸업했으며, 한국전기신
문 기자로 활동했다. 이후 방송작가로 KBS 〈아침마당〉, 〈가정저
널〉 등을 집필했으며, EBS 〈사랑의 교육학〉, 〈육아일기〉, 〈EBS
문화센터〉, 〈어린이 다큐―난 할 수 있어요〉, 〈문화사 시리즈〉,
〈길을 찾는 사람들〉, 〈하나뿐인 지구〉 외에 여러 편의 다큐멘터리
를 썼다. 2001년부터 2003년까지 공주영상정보대학(현 한국영상
대학교)에서 겸임교수로 활동했으며, 현재 한국방송작가협회 회
원이다.

초판 1쇄 발행 2013년 7월 24일 | 초판 2쇄 발행 2013년 11월 20일 | 지은이 원소영 | 펴낸이
이희철 | 펴낸곳 책이있는풍경 | 기획 (주)엔터스코리아 작가세상 | 편집 조일동 | 마케팅 임종호
| 북디자인 디자인 홍시 | 일러스트 김홍 | 등록 제313-2004-00243호(2004년 10월 19일)
| 주소 서울시 마포구 망원2동 467-30 1층 | 전화 02-394-7830(대) | 팩스 02-394-7832
| 이메일 chekpoong@naver.com | ISBN 978-89-93616-32-3 03810

이 도서의 국립중앙도서관 출판시도서목록(CIP)은 e-CIP 홈페이지(http://www.nl.go.kr/ecip)에서
이용하실 수 있습니다.(CIP제어번호: CIP2013010004)

느리게 살아서
즐거운 나날들

원소영 지음

삶에 지치고 흔들릴 때,
프로방스에서 보내온
라벤더향 물씬한 편지

책/이/있/는/풍/경

내가 만난 프로방스

모두 행복했으면 좋겠다
그곳에서 내가 그랬던 것처럼

프로방스는 내게 우연처럼 다가왔다. 남편이 갑작스럽게 프로방스에 있는 국제기구에서 일하게 되었고, 우리는 두 달 안에 프로방스로 떠나야 했다. 타향살이도 아닌 타국살이를 해야 하는 엄청난 사건이었으나, '프로방스에서 산다'는 사실 하나로 내 마음은 두려움보다 설렘으로 가득 찼다. 그렇게 나는 콧노래를 부르며 내 인생에서 가장 소중했던 두 가지, '아들'과 '내 일'을 과감하게 내려놓고 그곳으로 떠났다.

잘 되겠지, 하는 낙천적인 생각으로 별다른 준비도 없이 시작한 프로방스 생활이었다. 당연히 힘들었다. 변변치 않은 영어 실력에 프랑스어라고는 '봉주르'밖에 모르는 상태에서 언어의 장벽을 넘어 문화의 차이를 극복하는 삶은 하루하루가 좌충우돌이었다.

불쑥불쑥 고개를 드는 향수병도 나를 힘들게 했다. 아무리 대학생이라지만 아들이 엄마 아빠 없이 잘 살지 걱정이 태산이었고, 그런 아들이 보고 싶어 새벽에 홀로 일어나 눈물을 흘리기도 했다.

이런 나를 따뜻하게 감싸주고 위로해준 것은 프로방스의 태양이었다. 나는 타국살이가 주는 우울함을 떨쳐버리려고 주말마다 햇살이 따사로운 프로방스 들판으로 나갔다. 생트 빅투아르산의 웅대한 품에 안겨, 축복받은 땅을 바라보노라면 절로 기분이 좋아졌다. 태양은 나를 다시 행복으로 이끌어주었고, 그곳의 전통과 문화는 내 삶을 더 즐겁게 가꾸어주었다.

사람들은 프로방스를 '로망의 땅'이라고 부른다. 1년 내내 햇살이 따사로운 빛의 고장이고, 키 작은 포도나무가 지천을 이루는, 젖과 꿀이 흐르는 땅이다. 남쪽으로는 푸른 지중해가 넘실거리고, 동쪽으로 달려가면 알프스에서 뻗어 나온 산들이 아름다운 자태를 자랑하는 곳이 프로방스다. 키다리 사이프러스나무와 새색시처럼 어여쁜 올리브나무가 줄지어 춤을 추는 곳, 끝없이 펼쳐진 보랏빛 라벤더 꽃밭이 장관을 이루는 곳도 프로방스다. 주홍색 지붕을 이고 선 돌집들은 또 얼마나 소박하고 아름다운지.

사랑하지 않고는 견딜 수 없는 곳이다.

프로방스와 사랑에 빠진 나는 그곳에서 알퐁스 도데처럼 프로방스 이야기를 쓰기 시작했다. 그곳에서 사는 동안 보고 느끼

고 사랑하고 미워했던 모든 이야기를 하나하나 엮었다. 그곳
에서 만난 사람들도 미주알고주알 담았다. 내 글을 읽는 이들
에게 그곳의 꿈과 이상을 알려주고 싶어서였다. 세잔과 고흐,
피카소와 카뮈를 비롯해 예술가와 작가 들이 왜 프로방스와
사랑에 빠졌는지 보여주고 싶어서였다. 바쁜 일상을 잠시 내
려놓고 프로방스 사람들처럼 천천히 인생을 즐겨보라고 말하
고 싶어서였다.

이 책을 읽는 모든 이들이, 내가 그곳에서 그랬던 것처럼 모두
행복해졌으면 좋겠다.

Contents

가을편지

아름다운 사람들과 함께하는

겨울편지

마음 따뜻해지는 기억들

여행편지

내 안의 파랑새를 찾아서

예술편지

그들이 꿈꾸고 우리가 사랑한

Epilogue
그곳을 떠나며

추신
프로방스에 가기 전, 이것만은

봄 편 지

골 목 마 다
이 야 기 피 는
계 절

시청 광장 카페에서

Provence Letter #01

꽃시장이 열리고 있는 시청 광장 카페에 앉아 편지를 쓴다. 에스프레소 커피의 진한 향기에 마음이 술렁거린다. 커피를 마시는 사이, 뜨거워지기 시작한 프로방스 햇살이 광장으로 쏟아져 내린다.

그와 동시에 시청 시계탑에서 종소리가 울리고, 막 결혼식을 마친 신랑 신부가 하객들의 축하를 받으며 시청을 나선다. 기다렸다는 듯이 거리의 악사가 연주를 시작한다. 아코디언에서 흘러나오는 쇼스타코비치의 왈츠는 박자도 음정도 엉망이지만 가슴을 저미는 묘한 슬픔이 배어 있다. 이처럼 좋은 결혼식 날, 왜 하필 슬픈 곡을 연주하는 건지 모르겠다.

어찌되었든 햇살을 받으며 카페에 앉아 있는 나는 참 편안하고 행복하다. 지금 이 순간만큼은 그 누구도 부럽지 않다. 약간의 시간과 돈으로 이런 행복을 살 수 있다는 기쁨에 카페 예찬론을 펴고 싶어진다.

결혼식이 끝나면 시청 광장은
축제의 장이 된다

최루탄 속의 카페 순례

카페 사랑은 30년 세월을 거슬러 올라간다. 1980년대 당시 나와 친구들은 300원짜리 라면을 먹고 500원짜리 커피를 마실 정도로 커피를 좋아했다.

그 시절, 음악다방도 좋았지만 우리는 어두침침한 다방보다 세련되고 밝은 분위기의 카페를 더 좋아했다. 지금은 없어졌지만 동숭동에 있던 '난다랑'이 우리의 단골 카페였다. 당시, 동숭동에는 예쁜 카페들이 하나둘씩 문을 열기 시작했고, 우리는 순례자처럼 새로 생긴 카페를 찾아다녔다.

그 당시 나는 철없이 카페 순례를 다닐 정도로 집안 형편이 넉넉하지 않았다. 1980년에 시작된 과외금지 조치 때문에 당시 대학생들의 생활은 궁핍 그 자체였다. 암울했던 시대를 살았던 당시 사람들은 화려한 카페보다 허름한 술집에 앉아 막걸리와 소주를 마시며 시대의 울분을 토로했으니까.

그런데도 나는 막걸리보다 커피가 좋았다. 술에 취해 현실을 원망하기보다 커피 한 잔과 함께 낭만을 꿈꾸었다. 카페에 앉아 온몸의 감각을 열어 놓고 카페의 분위기를 만끽하는 순간이 너무나 좋았다고 할까. 모든 것이 팍팍하고 서럽고 힘들던 그 시절, 존재하지 않는 낭만을 찾아 헤맸는지도 모른다.

그곳에 있는 동안은 짊어진 삶의 무게를 잊을 수 있었고, 나를 지치게 했던 것들도 흘려버릴 수 있었으니까. 그래서 어렵게 아르바이트를 해 번 돈으로 친구들과 속절없이 카페를 떠돌았다.

결혼과 함께 카페 시대는 저물었다. 결혼은 철저한 현실이었고, 낭만보다 책임과 의무가 중요했다. 궁핍하게 살지는 않았지만 현실에 정착하면서 자연스럽게 카페와 멀어졌다. 자판기 커피와 카페의 커피 값을 비교하면서, 카페에 열광했던 과거를 후회하기도 했다. 카페 사랑 때문에 인생을 낭비한 것 같다는 생각도 들었다.

다시 카페를 사랑하기까지, 그곳에서 보냈던 젊은 시절과 만나기까지 오랜 시간이 흘러갔다.

먼 곳에서 다시 만난 스무 살

프로방스에서 다시 카페를 만났다. 우리의 것과는 다르지만 카페 문화와도 재회했다.

그런데 그곳에서 만난 카페는 달라도 너무 달랐다. 멋진 실내 장식과 분위기 넘치는 음악이 빠진 대신 햇살과 바람이 가득했다. 그곳에서 사람들은 커피 한 잔을 앞에 놓고 책을 읽었다. 장바구니를 옆에 두고 커피를 마시며 신문을 뒤적거리기도 했다. 카페는 누군가를 만나는, 특별한 곳이라는 내 고정관념을 뒤흔드는 장면이었다.

일행과 함께 온 사람들은 거의가 열띤 토론을 즐겼다. 프랑스의 카페 문화가 지식인들의 토론 장소로 출발했다는 주장에 저절로 수긍이 갔다.

혹자는 말한다. 프랑스에서 카페를 빼놓고는 프랑스의 문화를 논할 수 없다고. 정말, 이곳 사람들의 카페 사랑은 남다르다. 햇빛이 좋아서인지 카페를 찾는 이들도 정말 많다. 관광객이 많은 탓도 있지만, 프로방스의 카페들은 매일 만원사례다.
사람들의 발길이 이렇게 카페로 향하는 이유 중 하나는 부담 없는 커피 값도 큰 몫을 하는 것 같다. 카페에 따라, 커피와 차의 종류에 따라 다르지만, 이곳의 커피 값은 우리나라보다 비싸지 않다. 이곳의 물가를 고려하면 더 부담 없는 가격이다. 내가 단골로 가는 카페의 에스프레소 커피가 1.5유로로, 우리 돈으로 2,500원쯤 되는 건가. 파리의 유명한 카페 레 뒤 마고의 에스프레소 커피가 4.5유로였으니까 3분의 1 가격인 셈이다.

커피 마시고 싶으면, 오세요

　　　　오늘은 햇볕이 좋아 그런지 카페에 손님이 많다. 지중해가 보이는 바닷가 마을의 카페는 더 인기가 좋겠지. 문득 프로방스에 놀러 온 선배와 니스 해변의 카페에 앉아 커피를 마시며 파도소리를 듣던 기억이 떠오른다. 겨울 햇볕이 따뜻했던 날, 유 선배, 영은과 카시의 카페에서 바라보던 겨울바다도 눈에 선하다.
편지를 쓰고 있는 이 순간, 옆자리에 앉은 사람들의 대화가 진

지해진다. 사소한 일상 안부를 묻는가 싶더니 곧 격렬하게 토론을 시작한다. 이들처럼 카페는 정치토론장이 되기도 하고, 시를 낭송하거나 미술작품을 전시하는 장소가 되기도 한다. 물론 동네 사랑방 역할도 한다.

나는 주로 친구들을 만날 때 카페를 찾지만, 가끔 이렇게 혼자 카페에 앉아 지나가는 사람들을 바라보거나 눈이 시리도록 파란 하늘과 떠가는 구름을 세어보기도 한다. 아무것도 하지 않고, 모든 상념을 내려놓고, 머리 위로 쏟아지는 햇살에 웃음을 보내다 보면 어느새 나를 발견하게 된다.

철학자가 된 표정으로 내 내면을 들여다보는 일, 참 소중한 순간이다.

카페 옆을 지나가는 사람들의 얼굴이 편안해 보인다.
저들의 눈에 비친 내 모습도 그렇게 보이면 좋겠다.
프로방스 카페에서 삶이 얼마나 아름답고 소중한지 느껴본다.

웰컴 투 엑상프로방스 카니발

Provence Letter #02

매년 4월, 프로방스의 작은 도시 엑상프로방스에서 화려한 카
니발이 벌어진다. 카니발은 그리스도 국가에서 사순절 직전
사흘에서 일주일에 걸쳐 하는 제전이다. 금식을 해야 하는 사
순절이 시작되기 전에 마음껏 고기를 먹고 즐겁게 노는 행사
가 바로 카니발이다. 원래는 가톨릭교회의 종교적인 행사였으
나 지금은 화려하고 볼거리 가득한 축제로 변모했다.

그런데 왜 엑상프로방스는 카니발을 2월의 사순절 전이 아닌 4
월에 하는 걸까? 혹시 부활절을 기념해서 카니발을 하는 걸까?
카니발의 역사는 얼마나 오래되었을까? 엑상프로방스 카니발을
앞두고 이것저것 궁금했던 나는 엑상프로방스에서 나고 자란 샹
탈에게 궁금증을 털어놓았다.

왜 카니발을 4월에 할까

　"글쎄, 왜 엑상프로방스 카니발을 4월에 하는 거지?" 그녀는 나보다 더 궁금한 얼굴이었다. 아무리 무심한 성격의 그녀라지만 해도 너무했다. 자신의 고향 일인데 아는 것

📷 매년 4월에 열리는 엑상프로방스 카니발

검은 옷을 입은 행렬과
4월의 봄볕이 대조를 이룬다

이 하나도 없다. 그녀는 미안하다는 표정으로 씩 웃더니 카니발 담당자를 만나 궁금증을 직접 풀어주겠다고 큰소리쳤다.

일주일 후, 그녀는 풀이 죽은 목소리로 담당자를 만나기는 했는데 그도 모르기는 마찬가지였다며 민망해 했다. 할 수 없다. 궁금증을 안고 축제를 구경하기로 했다. 하긴, 카니발에 관한 논문을 쓸 것도 아니니 아쉬울 것도 없다.

늦은 점심을 먹고 남편과 함께 시내로 나갔다. 시작은 오후 3시. 지금이 2시 30분이니까 늦지도 빠르지도 않은 시각이다. 우리는 평소 다니던 성당 길 대신 법원 앞으로 가는 길을 따라 걸었다. 법원 근처 골목길을 빠져나오자마자 쿵쾅쿵쾅 신나는 음악소리가 들렸다.

"벌써 시작했나?"

음악소리를 따라 발걸음이 저절로 빨라졌다. 법원 앞 광장이 바글바글했다. 화려한 카니발 차량들과 형형색색 기괴한 옷차림을 한 사람들이 리허설을 하느라 정신이 없었다. 그럼 그렇지. 아직 3시도 안 되었는데 느긋한 프로방스 사람들이 벌써 행진을 시작할 리 없지. 안도하며 법원 광장을 지나 미라보 거리로 통하는 골목을 빠져나왔다.

그들 덕분에 우리가 신났다

그런데 거리가 인산인해였다. 미라보 거리를 따라 사람들이 늘어서 있었다. 앉아서 카니발 행렬을 볼 수 있는 자리

는 이미 매진이었다. 우리는 거리를 따라 걸으며 이리저리 눈치작전을 펴기 시작했다. 슬쩍 끼어 앉을 자리가 없을까 돌아다니다가 결국 포기하고, 대충 서서 볼 수 있는 자리를 골랐다. 그런데 그 자리가 명당이었다.

우리 앞에 앉은 젊은 커플이 쪽 소리 나게 키스를 하는 것이다. 하하, 즐거운 볼거리가 시작되려나 보다. 나는 가끔 이렇게 자유로운 사랑 표현이 부러워진다. 나잇값 못 한다고 흉봐도 할 수 없다. 점잖은 우리 정서로 볼 때 무분별한 애정 표현은 저급

음침하면서도 화려한 중세의 귀족은
무엇을 보여주려는 걸까
카니발 행렬에 뿌린 종이 꽃가루들이
꽃길을 이루었다

하기 짝이 없는 일이니까. 나도 노골적인 애정 표현은 싫지만 당당하게 자신의 마음을 표현하는 그들의 자신감은 탐난다.

젊은 커플의 애정행각이 점점 짙어졌다. 카니발보다 더 좋은 구경거리가 생겼네, 하면서도 괜히 부끄러워졌다. 슬쩍 시선을 다른 곳으로 옮기는데, 젊은 커플이 불쑥 일어나 다른 곳으로 갔다. 장소를 옮겨 진도를 나가고 싶었나 보다.

젊은 커플 덕분에 우리만 신났다. 우리는 얼른 그들이 앉았던 자리로 파고들었다.

코티용으로 물든 4월

그와 동시에 쿵쾅쿵쾅 신나는 음악과 함께 가장행렬이 시작되었다. 기괴한 옷차림을 한 마녀들이 음산한 춤을 추며 나타나자 기다리던 구경꾼들이 환호하며 알록달록 종이 꽃가루인 코티용을 뿌려댔다. 내 옆에 앉은 부부와 어린 딸아이도 열심히 꽃가루를 뿌리며 즐거워했다.

가만히 둘러보니 아이들의 옷차림이 범상치 않다. 백설공주 옷을 입은 여자아이, 꿀벌로 변신한 개구쟁이, 빨간 드레스에 악마 분장을 한 귀염둥이들이 카니발 행렬을 향해 꽃가루를 뿌려댔다. 가장행렬을 하는 사람들은 구경꾼을 향해, 구경꾼은 행렬을 향해 꽃가루를 뿌려주었다.

춤추는 마녀, 섹시한 마녀, 거만하게 앉아 구경꾼을 바라보는 마녀, 그리고 예쁘고 귀여운 꼬마 마녀가 우리 앞을 지나갔다.

행진하는 마녀들과 환호하는 구경꾼들 사이를 꽃가루가 날아
다녔다. 알록달록한 꽃가루가 훨훨 날아 내 머리와 어깨 위에
사뿐사뿐 내려앉았다.
꽃가루들이 쌓이고, 카니발 행렬과 함께 거리는 꽃길이 되
었다.

엑상프로방스의 카니발은 아기자기하다.

세계적으로 유명한 니스 카니발이나 이탈리아 베니스 카니발보다

규모는 작지만 알차고 재미있다.

무엇보다 모두가 함께 즐길 수 있어 참 좋다.

그래서 나는 엑상프로방스 카니발을 브라질의 리우데자네이루와

독일의 쾰른, 스위스의 바젤 카니발 못지않다고 생각한다.

생각은 자유니까.

오늘도 안녕하세요

Provence Letter #03

매주 화요일 오전에 만나는 모임이 있다. '꾸꾸유'. 우리끼리 붙인 이름이다. 프랑스 사람들이 반갑게 아는 척할 때 흔히 쓰는 말로 뻐꾸기의 울음소리에서 유래한 꾸꾸^{coucou}와 당신을 뜻하는 영어 유^{you}를 합성해 만든 이름이다. 그러니까 "안녕? 잘들 지냈지?" 하는 의미 정도로 지은 이름이다.

모임의 멤버는 들쑥날쑥하다. 적게 모일 때는 다섯 명, 많을 때는 열 명까지 모여 영어로 이야기를 나누고, 미리 준비한 사설을 읽고 토론을 벌인다. 멤버들의 성향도, 국적도, 영어 실력도 제각각이지만 성실한 분위기 속에서 각자의 생각을 주고받는다.

함께하는 주제는 어려운 정치 문제부터 가벼운 일상 이야기까지 다양하다. 콜린 퍼스가 주연을 맡은 영화 〈킹스 스피치〉를 주제로 영국의 정치와 역사적 상황을 이야기하고, 일본의 지진과 원전 사태를 주제로 원자력의 문제점을 지적하기도 한다. '1975년'을 주제로 잡아 그해에 무엇을 했는지, 내가 생각하고 바라본 1975년은 어땠는지를 이야기한 적도 있다.

세실의 폭탄선언

　　　오늘의 주제는 패션이다. 케네디 대통령의 아내였던 재클린 케네디의 패션에 관련된 신문 사설을 읽고, 누가 패션의 희생자인가 하는 문제를 다루기로 했다.

패션의 희생자? 패션 감각이 너무 없어 가끔 언론의 비판을 받는 유명인을 이야기해야 하는 건지, 아니면 너무 패셔너블해 세간의 주목을 받는 경우를 언급해야 하는지 몰라, 혼자 이런저런 생각을 하고 있었다. 그런데 갑자기 세실이 단호한 목소리로 "패션의 최대 희생자는 일본 여성이다"라고 선언했다.

갑작스러운 그녀의 발언에 모두들 놀란 표정이었다. 왜 그렇게 생각하느냐고 내가 물었다.

파리 출신으로 은퇴한 작가인 그녀는 샹젤리제 거리에서 흔하게 만나는 일본 여성들 이야기를 꺼냈다. 샤넬이나 루이비통 쇼핑백을 들고 거리를 활보하는 그들을 볼 때마다 상업화된 패션의 장삿속에 희생당하고 있다는 느낌이 들어 안쓰럽다고 했다.

순간 뜨끔해졌다. 우리나라 여성들도 그네들 못지않게 명품을 찾고 있지 않은가. 명품 쇼핑을 위해 파리로 여행 오는 여성들도 많다고 들었다. 그나마 요즘은 명품 쇼핑의 큰손으로 떠오른 중국 여성들에게 가려진 게 다행이라고나 할까.

멤버들이 이구동성으로 세실의 의견에 지지를 보냈다. 이야기는 곧 유명 브랜드로 이어졌다.

세실은 명품이라고 불리는 비싼 브랜드를 소유했다고 패셔너블한 사람이 되는 건 아니라며 목소리를 높였다. 그러면서 자신을 예로 들었다. 단정하면서 기품이 넘치는 그녀의 원피스는 자신이 직접 만들었고, 원피스와 매치해 두른 멋진 스카프는 창고세일할 때 1유로를 주고 산 것이란다.

누가 봐도 그녀의 패션은 우아하고 아름다웠다. 비싼 옷을 입지 않아도, 명품 가방을 들지 않아도 얼마든지 우아하고 멋질 수 있다는 것을 직접 보여주었다. 옷값을 말하지 않았더라면 우리는 모두 그녀가 비싼 옷을 입었다고 생각했을 것이다.

루이비통과 구찌의 굴욕

세실의 옷값 양심선언에 힘입어 저마다 자신의 견해를 털어놓기 시작했다. 명품이나 유명 브랜드를 좋아하는 건 개인의 취향이지만 그런 브랜드를 입는 사람들이 옷을 잘 입는 사람이 아니라는 이야기였다. 맞는 말이다.

그러더니 상표가 달린 명품 브랜드 옷을 자랑스럽게 입고 다니는 이들이 한심하다고 말했다. 비싼 돈을 내고 브랜드를 홍보해주는 모습이 코믹해 보인다는 것이다. 정말 그렇다. 명품 브랜드를 입고, 들고, 신고 다니는 것이 개인적으로는 과시지만 회사 입장에서 보면 앞장서서 홍보해주는 셈이니까.

부티크들이 모여 있는 엑상프로방스 골목길 📷

부티크가 즐비한 골목길에는
음악과 예술이 공존한다
이런 문화의 힘은 프랑스 패션의
저력으로 이어진다

프랑스 청소년들은 유명 브랜드에 열광하지 않느냐고 내가 물었다. 그렇다는 대답이 돌아왔다. 하지만 그들은 민감한 청소년 시기를 거치며 그들만의 세계에 빠져 있기 때문에 이해해 주어야 한다고 변명했다.

또 다시 물었다. 정말로, 샤넬 옷을 안 입고 구찌 백을 들지 않아도 우아하고 아름다운 여성으로, 패셔니스트로 인정해줄 수 있느냐고.

"물론이지. 그리고 비싼 브랜드를 입고 들었다고 해서 그를 존중하는 것도 아니야."

프랑스 여성들의 명쾌한 답변. 거기까지는 좋았다. 비싼 브랜드에 연연하지 않는다는 그들의 자신감이 마음에 들었다.

그런데 나디아가 베트남 친구에게 들었다면서, 요즘 베트남 여성들도 비싼 브랜드에 열광한다는 말을 꺼내자마자 흐름이 이상해지기 시작했다.

"그게 바로 개발도상국에서 흔히 나타나는 현상이지. 그들은 곧 또 다른 패션의 희생자가 될 걸?"

"그들만의 리그일 뿐이야"

모임의 회장인 다니엘이 자신만만한 표정을 지으며 쏟아낸 말이 내 심기를 건드렸다. 자신들은 성숙한 선진국 국민이라 유명 브랜드, 비싼 브랜드에 휘둘리지 않지만, 명품이라고 불리는 비싼 브랜드에 이리저리 휘둘리는 개발도상국 사람들은 미숙하고 불쌍해 보인다는 뉘앙스가 잔뜩 묻어 있었으니까.

내가 불편한 표정으로 다니엘에게 물었다.

"그 말은, 프랑스 여자들은 명품에 전혀 휘둘리지 않는다는 말로 들리는데?"

"프랑스에도 당연히 명품에 열광하는 이들이 있지. 하지만 그들은 소수의 돈 많은 부류고, 대부분은 그들이 명품을 입었는지, 들었는지, 신었는지 관심도 없어. 그들만의 리그에서 벌어지는 일은 궁금하지 않거든."

명쾌한 답변이었다. 비록 아시아 여성을 기분 나쁘게 운운한 바람에 내 마음이 살짝 상했지만 답이 나온 느낌이었다. 비싼 상품이 곧 명품이라는 등식이 못마땅했던 나는 자연스럽게 그들과 의견을 공유했다.

나는 그때나 지금이나 어마어마한 거금을 지불하고 작은 핸드백을 사는 것을 용납할 수 없다. 그래서 명품이라는 말도, 명품을 사는 일도 싫다고 자랑스럽게 외쳤는데, 그런 내게 그들은 큰 힘이 되었다. 갑자기 명품이라 불리는 것에 연연하지 않고 살았던 내 자신이 기특하게 여겨졌다.

그런데 여기가 우리나라라면 어땠을까? 과연 꾸꾸유 멤버들처럼 생각하는 중년 여성이 얼마나 될까? 나이 들수록 기품을 갖추려면 명품 가방 정도는 들어야 한다고 생각하는 분위기에서 과연 명품, 아니 비싼 상품을 돌같이 여기면서도 기품 있는 여성이라는 말을 들을 수 있을까? 마음이 무거워진다.

프랑스어 스트레스와 한판승
Provence Letter #04

"프로방스에 온 지 얼마나 되셨어요?"

"3년 조금 안 되었어요."

"그런데 말을 참 잘하네요. 원래 프랑스 말을 할 줄 알았죠? 대학에서 프랑스어를 공부했어요?"

"아니요, 프로방스로 올 때 봉주르밖에 몰랐는걸요."

이렇게 말하는 내 어깨가 으쓱 올라간다. 대단한 성공을 거둔 것처럼 의기양양해진다. 맞다. 남들에게는 별 것 아니겠지만, 나는 지금 내 인생에서 성공이라는 고개를 하나 넘었다. 그것도 아주 자랑스럽게.

갑자기 프랑스어를 공부하느라 힘들었던 순간들이 주마등처럼 스쳐 지나간다.

내가 아는 건 '봉주르'뿐

"영어는 내가 책임질 테니까, 프랑스어는 당신이 책임지셔."

프로방스로 떠나기 전, 우리는 장난스럽게 이런 약속을 했다. 남편은 직장에서 영어를 쓰기에 프랑스어가 절실하지 않았다. 더구나 일하느라 바빠 프랑스어를 배울 시간도 없었다. 그러니까 죽어라 프랑스어를 배우는 건 내 몫이었다. 꼭 약속 때문이 아니더라도 영어 알레르기를 갖고 있는 프랑스 사회에서 살아남으려면 그들의 말을 배워야 했다.

생각해보라. 슈퍼마켓에서 물건을 사고 계산할 때, 계산원이 뭐라고 하는지 전혀 알아듣지 못하는 상황을. 거리를 걷다가 누군가 뒤에서 "비켜주세요"라고 했지만 무슨 말인지 몰라 멀뚱멀뚱 서 있는 모습을. 길을 몰라 헤매면서도 상대방의 말을 알아듣지 못해 여기가 어딘지 묻지도 못하는 상황을. 이웃 사람이 "어디 다녀오세요?", "시장에 장 보러 가세요?"라며 다정하게 말을 걸어오는데 무슨 말인지 몰라 당황하는 어색함을.

단지 프랑스어를 모르는 것뿐인데 바보가 된 기분이었다. 거리에서 구걸하는 이들을 보면서 '저들도 프랑스 말을 잘하는데 나는 뭔가?' 하는 요상한 생각까지 했다. 자기비하도 이만저만이 아니었다. 그래서 프랑스어를 배우겠다고 나섰다.

처음, 남편 직장에서 알선해준 어학원은 일주일에 세 번, 한 시간 30분씩 수업하는 곳이었다. 현실적으로 살림을 하는 주부가 공부하기에 알맞은 조건이었지만, 프랑스어를 제대로 배우기에는 부족한 곳이었다.

그래도 일주일에 세 번, 학원과 집을 오가며 공부를 시작했다. 남들은 '살림하랴 공부하랴 힘들다'며 투덜댔지만 나는 '살림하고 공부만 하는데 뭐가 힘들어.' 이렇게 바꿔 생각했다. 긍정적인 마음으로 공부하면 더 잘될 것 같은 자기최면이었다.

그런데 역시 힘들었다. 나이 탓인지 단어를 하나 외우고 돌아서면 두 개를 잊어버리는 것 같았다. 프랑스어를 공부하겠다는 욕심으로 사들인 사전이 다섯 권. 그나마 2년 후에 나온 전자사전 때문에 아깝게 무용지물이 되었다.

프랑스어 관련 문법책과 회화책 들을 줄줄이 책꽂이에 꽂아 놓고 열심히 공부해도 영 진도가 나가지 않았다. 솔직히 새롭게 시작하는 프로방스 생활에 익숙해지랴 살림하랴 바빠 공부에 전념하지 못한 탓도 있었다.

미치지 않으면 닿을 수 없다

남편은 프랑스어 스트레스에 시달리는 나를 못 말린다는 시선으로 바라보았다. 내게 프랑스어를 책임지라고 했던 말을 까맣게 잊어버렸는지, 그깟 프랑스어 좀 못하면 어떠냐, 말을 못한다고 못사는 것도 아닌데 왜 그렇게 스트레스를 받느냐며 나를 달래주었다. 그래도 프로방스에서 5년을 살 건데, 프랑스어를 제대로 못 한다면 자존심이 상할 것 같았다.

이렇게 프랑스어 스트레스에 시달리면서 1년이 지났다. 그 사이에 약간의 프랑스어를 알아듣고, 더듬거리며 단답형으로 겨우 말하는 수준이 되었다. 6개월만 하면 줄줄 말할 줄 알았는데……. 욕심이 너무 지나쳤고, 남의 말을 배우는 일이 어렵다는 사실을 몰라도 너무 몰랐던 것 같다.

"아무대로 안 되겠어. 학교를 다녀야 할 것 같아."

1년 동안 프랑스어 스트레스에 시달렸던 나는 대학 부설 어학원에서 체계적으로 배우기로 했다. 일주일에 20시간. 대학 강의와 똑같은 수업을 이 나이에 따라갈 수 있을까 많이 망설였다. 그러다가 내린 결론은 일단 부딪쳐보자는 것.

그깟 프랑스어 안 배우면 어떠냐며 나를 달래던 남편은 선뜻 2천유로나 되는 등록금을 내주었고, 공부하는 아내를 위해 주말마다 청소하고 요리도 하겠다는, 외조선언까지 했다. 프로방스에 와서 친구가 된 선옥 씨도 나와 함께 프랑스어를 공부하기 시작했다.

복잡한 동사 변화부터 남성, 여성을 구분해야 하는 명사와 형용사, 그리고 우리말에 없는 관사에 익숙해지는 것까지 기초 문법을 착실히 배우면서 프랑스의 문화와 정치, 역사를 아우르는 교양수업까지 들었다.

그래도 6개월이 지날 때까지 말문이 터지지 않았다. 프랑스 사람이 말을 걸어오면 얼굴이 빨개지면서 머릿속이 하얘지고 버벅대는 현상을 극복하기까지 정말 오랜 시간이 흘렀다. 물론 지금도 완벽하게 극복한 건 아니다.

　　　　고생 끝에 낙이 온다. 지금 나는 부지런히 공부한 덕에 프랑스 사람들과 조잘조잘 대화를 나눌 정도로 말이 늘었다. 길을 걷다가 앞사람이 하는 말을 알아듣고 미소도 짓는다. 남편을 위해 전화로 병원 진료를 예약하고, 고장 난 냉장고를 서비스센터에 의뢰하거나, 인터넷 회사와 얽힌 문제를 척척 해결하고 있다. 이런 내가 기특한지 같이 공부하던 선옥 씨가 농담처럼 한마디 했다.

"가만 보니까 공부하는 게 체질 같아. 내친김에 더 공부해서 대학원에 가는 건 어때?"

농 메르씨, 노 땡큐다. 더 이상 공부는 사절이다. 공부 때문에 프로방스의 삶을 희생하고 싶지 않다. 내가 받은 5년의 휴가를 공부만 하다가 날려버리고 싶지도 않다. 차라리 프로방스 구석구석을 돌아다니면서 더 많은 인연과 추억을 만들고 싶다.

게으른 자의 변명 같지만 그렇다. 내게 필요한 건 학문이 아니니까.

남의 말은 정말 어렵다. 프로방스에 산 지 3년차에 접어들어도 여전히 프랑스어는 벽처럼 나를 막고 있다. 텔레비전을 틀어도 알아듣는 말은 한정되어 있고, 관공서에서 날아오는 우편물은 사전을 찾아야만 이해할 수 있다. 그래도 이제는 예전처럼 기죽지 않는다. 어차피 프랑스어는 남의 나라 말이니까. 내가 프랑스어로 박사 학위를 받을 것도 아니고, 프랑스 직장에서 일할 것도 아니니까.

프로의식이 부족하다고? 그럴지도 모른다. 하지만 나는 지금처럼 아마추어가 좋다. 프로방스 사람들처럼 느긋하게 천천히 즐기며 살고 싶다. 인생이 얼마나 아름다운지 맛보면서.

맛은 어디서나 통한다

Provence Letter #05

며칠 전, 저녁 설거지를 하고 있는데 카트린느에게서 전화가
왔다.

"이번 달 모임에도 나올 수 있죠?"

"그럼요. 그런데 이번 달 주제는 뭐죠?"

"타진이에요."

"타진? 한 번도 해본 적 없는 요리네요. 그냥 한국 요리를 만들
어야 할 것 같은데, 괜찮겠죠?"

"괜찮은 정도가 아니라 더 좋죠! 이번에도 메인 요리, 살레로
할 건가요?"

"네. 전 디저트를 별로 안 좋아하거든요, 하하하."

"돼지고기 고추장 불고기? 최고!"

　　　　전화를 끊자마자 이번 달에는 또 어떤 요리를 할까 행복한 고민에 빠져들었다. 기왕이면 프랑스 아줌마들도 맛있게 먹을 우리 음식이면 좋을 텐데. 뭘 준비해야 할지 모르겠다. 단짝친구 선옥 씨에게 전화를 걸어 메뉴를 의논해야겠다.
우리는 한 달에 한 번 열리는 음식 모임에 나가고 있다. 매달 음식의 주제를 정해놓고, 각자 주제에 맞는 요리를 준비해 가지고 와서 나누어 먹으며 이런저런 이야기를 나누는 사교 모임인데, 멤버의 80퍼센트는 프랑스 사람이고 나머지는 나 같은 외국인이다. 다양한 프랑스 가정요리는 물론이고 외국 음식까지 맛볼 수 있는 즐거운 모임이다.

생각해보라. 프랑스 곳곳에서 모인 멤버들이 각자 자기가 나고 자란 곳의 특색이 담긴 요리를 만들어 오는 상황을. 나 같은 외국인들은 프랑스 음식보다 자기 나라 음식을 해올 때가 많으니, 세상의 모든 요리가 한자리에 모인다고 해도 과언이 아니다. 맛있는 음식과 수다가 함께하니 모임은 또 얼마나 신나는지 모른다.
음식을 나누어 먹으며 우리는 모임의 회장인 카트린느가 리옹 출신이라는 사실을, 그녀의 아들이 요리사라는 것을 알게 되었고, 알자스 출신인 마리가 의과대학에 다니는 아들의 공부 때문에 걱정이 많다는 것도, 스웨덴 언니 브리깃타가 프로방

스로 놀러 온 친구들에게 시달리다가 몸살이 났다는 푸념도
듣게 된다.

"와! 이거 너무너무 맛있어요. 이 요리 어떻게 했어요?"
부지런히 수다를 떨며 음식을 먹던 카트린느가 내가 떡을 넣
어 만든 돼지고기 고추장 불고기의 레시피를 물어본다. 그와
동시에 모두들 내 요리가 너무나 맛있다며 칭찬을 날린다. 오
늘의 주제 '타진'과 동떨어진 요리를 준비해 은근히 걱정했는
데, 모두들 맛있게 먹으니 다행이다.
프랑스 사람들이 준비한 타진의 맛은 다양하다. 입맛에 맞는
것도 있고, 어떤 것은 느끼해 김치 생각이 간절해지는 것도 있
다. 일일이 타진 요리의 이름을 물어보지만 외우기도 쉽지 않
다. 하긴 그들에게 '돼지고기 고추장 불고기'도 어려울 거다.

'한국 요리의 날' 만은 제발

          매달, 요리의 주제가 정해지면 멤버들은 솜씨 자랑을
하느라 바쁘다. 그래서 샐러드가 주제였을 때는 제각기 다른
맛, 다른 스타일의 샐러드를 열 가지 이상이나 맛보았다. 크레
페가 주제였던 2월에는 프랑스에 이렇게 많은 크레페가 존재
했나 싶을 정도로 다양한 크레페를 먹었다. 이번 달 주제인 타
진은 모로코나 알제리 같은 북아프리카에서 즐겨 먹는 서민

요리다. 지리적으로 북아프리카와 가까워서 그런지 프랑스 사람들도 타진을 많이 만들어 먹는단다.

"한국 요리가 이렇게 맛있는지 모르고 살았다니……."

선옥 씨와 내가 만든 요리를 맛있게 먹던 카트린느가 한탄하듯 푸념을 늘어놓는다. 한국 요리의 참맛을 이제야 알게 된 것이 안타깝다는 표정이다. 참 신기하다. 솔직히 나는 요리를 즐기는 사람도, 요리를 잘하는 사람도 아닌데, 이렇게 프랑스 사람들과 음식을 나누다 보면 저절로 괜찮은 요리사가 된다. 우리 요리가 갖고 있는 우수성 때문에 나 같은 비전문가도 요리를 잘 한다는 소리를 듣나 보다.

오늘 우리가 만든 한국 요리의 맛에 반한 카트린느가 엄청난 제안을 해왔다. 다음번 모임을 '한국 요리의 날'로 정하면 어떻겠느냐는 것이다. 한국 음식을 골고루 맛보고 싶은 마음은 잘 알겠지만, 선옥 씨와 내가 감당하기에는 일이 너무 커질 것같다. 게으른데다 음식 솜씨마저 뛰어나지 못한 우리는 완곡하게 제안을 거절했다. 아쉬워하는 그녀에게 미안하지만 할 수 없다. 많은 것을 한꺼번에 보여주는 것보다 조금씩 한국 음식의 매력을 보여주는 것이 더 가치 있는 일일 테니까.

어쨌든, '한국 음식 만세!'다

프로방스에는 똥이 많다
Provence Letter #06

"으악! 여기도 있어, 으악!"

프로방스에 놀러 온 친구가 길을 걸으며 5분 간격으로 비명을 지른다. 조금 전까지 중세시대를 여행하는 것처럼 도시가 아름답다며 감동하더니, 지금은 못마땅한 표정으로 발밑을 본다. 방금 전에 송아지만큼 큰 개가 실례를 한 것 같다. 우리는 얼굴을 찡그리며 개똥을 피해 길을 걷기 시작한다.

"왜 이렇게 많은 거야?"

왜 이렇게 길에 개똥이 많을까? 그 이유는 뻔하다. 개 주인의 몰지각함과 이기심 때문이다. 어쩌면 잘못된 관습 때문일지도 모른다.

프랑스 사람들의 개와 고양이 사랑은 유명하다. 그들에게 개와 고양이는 애완동물이 아니라 가족이다. 그래서 '개들의 대모' 브리지트 바르도는 한국인의 개고기 문화를 이해하지 못하고 불쑥불쑥 공격적인 말을 퍼부었다. "가족 같은 개를 먹다니?" 그녀의 상식으로는 도저히 이해할 수 없을 것이다. 나 역시 우리나라의 개고기 문화를 좋아하지 않지만, 그녀가 무턱대고 개고기 문화를 욕하는 것은 기분 나쁘다. 왜냐고? 그들은 우리보다 더 많은 동물을 먹으니까. 그들은 우리가 귀여워하는 토끼를 먹고, 비둘기도 먹는다. 심지어 달팽이까지 먹는 그들은 우리의 개고기 문화를 욕할 자격이 없다고 생각한다.

개를 가족처럼 생각하는 프랑스 사람들은 아침 저녁으로 개와 산책을 즐기는 것은 기본이고 외출할 때도 개를 데리고 다닐 때가 많다. 말이 애완견이지 데리고 다니는 개들은 송아지만큼 크다. 개를 좋아하는 나도 움찔해질 정도로 크고 무시무시한 개가 많다. 다행히 겉보기와 달리 대부분 순하다. 얼마나 훈련을 잘 시켰는지 주인에게 복종하고, 사람들이 곁을 지나가도 짖지 않는다. 순한 양이 따로 없다. 가끔 길에서 동족끼리 으르렁거리는 경우가 있지만 사람을 물거나 공격하는 일은 거의 없다.

그런데 왜 그렇게 사랑하는 개의 배변 훈련을 안 시켰을까? 훈련이 불가능해서일까? 그럴지도 모르겠지만, 더 정확한 이유는 배변 훈련을 따로 시킬 필요가 없어서일 것이다. 개들에게 그리고 개 주인에게는 거리가 모두 화장실이니까. 짐작하겠지만 개 주인이 개를 산책시키는 이유는 개가 밖에서 볼일을 보라는 의미라고 한다.

프랑스어 시간의 개똥 분쟁

그렇다면 해결책은 간단하다. 개 주인이 개의 배설물을 치우면 거리에 개똥이 뒹구는 일은 절대로 없을 테고, 개똥 청소를 전담하는 청소부를 두느라 세금을 낭비할 일도 없을 것이다. 개와 아무 상관도 없는 사람이 길을 걷다가 개똥을 밟는 불상사도 없을 것이다. 문제는 개똥을 치우는 개 주인이 거의 없다는 것. 실제로 거리 곳곳에 개똥 수거용 비닐봉지가 설치되어 있지만 이를 사용하는 사람은 많지 않다. 나도 이곳에 사는 동안 개가 싼 것을 치우는 주인을 딱 한 번 보았다.

프랑스 사람들도 이 문제에 대해서는 못 말린다며 혀를 찬다. 특히 개를 안 키우는 사람들은 목에 핏대를 세우며 비판한다. 개똥을 거리에 버려두면 벌금을 내야 하는데 개 주인은 꼼떡도 하지 않고, 그런 개 주인을 처벌하는 꼴도 못 보았다면서 흥분한다.

"이웃집 개가 매일 우리 집 앞에 볼일을 보는데 개주인은 모르는 척하는 거 있지? 이웃 간에 싸울 수도 없고……. 정말 스트레스야, 스트레스!"

내 프랑스어 선생님 마담 탕카니도 개똥 문제로 골머리를 앓

는다. 수업 시간에 개똥 이야기가 나오자 그녀는 우리보다 더 흥분하면서 몰지각한 이들을 흉보았다. 개똥 문제는 도대체 어디서부터 무엇이 잘못된 걸까? 왜 그들은 그렇게도 개를 사랑하면서 개똥은 나 몰라라 하는 걸까?

"참치다, 참치!"

오늘따라 유난히 거리에 개똥이 많이 보인다. 아니나 다를까, 앞서가던 여학생이 푸짐한 것을 밟고 고래고래 소리를 지르기 시작한다. 신발을 길바닥에 직직 닦아내는데 표정이 잔뜩 일그러져 있다. 길을 걷다 보면 개똥을 밟는 사람을 종종 만난다. 나 역시 이런 불쾌한 경험을 하고 이를 간 적이 있다. 담배꽁초를 아무데나 버리는 몰지각한 이들보다 더 나쁜 사람이 개똥을 치우지 않는 개 주인이라며 혈압을 높였다.

"조심해! 또 똥이야!"
길을 걷던 친구의 목소리가 높아지자 지나가던 프랑스 아줌마가 이상하다는 표정으로 우리를 쳐다본다. 순간 웃음이 나왔다. 프랑스어 발음 똥thon 은 참치를 뜻한다. 그러니까 그녀 입장에서 보면 우리는 길바닥을 가리키며 "참치다!"라고 외쳐대는 꼴이었다. 길바닥의 개똥을 보며 "참치다, 참치!" 하는 동양 여자가 얼마나 이상했을까를 생각하니 절로 웃음이 난다.
다음 순간, 우리는 눈을 찡긋거리며 암호를 정했다. 앞으로 개똥을 보면 '참치'를 외치기로. 그날 우리가 엑상프로방스 거리를 산책하는 동안 얼마나 많은 참치를 불렀는지 모르겠다. 당분간 참치는 고사하고 참치 통조림도 먹고 싶지 않을 것 같다.

4월,

프로방스 거리가 누렇게 반짝인다.

느리게 살아서 더 즐거운
Provence Letter #07

시내로 나가는 길, 꼬마 마을버스를 탔다가 낭패를 보았다. 구시가지 골목길에서 승용차 한 대가 좁은 골목길을 막고 짐을 옮기고 있었다. 굼벵이라도 삶아 먹었는지 짐을 내리고 올리는 동작이 느긋하기만 하다. 자기 때문에 차가 막히는 것도, 줄줄이 서서 기다리는 사람들에게도 전혀 미안한 기색이 아니다. 그를 기다리는 사람들도 느긋하기는 마찬가지다. 모두들 온순하게 앉아 그의 일이 끝나고 교통체증이 풀리기를 기다리고 있다. 내가 탄 버스의 운전기사는 아예 신문을 폈다.

특별한 약속이 없었던 나도 가방에서 책을 꺼냈다. 나도 이제 프로방스 사람이 다 되었나 보다.

'이러다가 속 터져 죽지'

처음 프로방스에 도착했을 때, 이곳 사람들의 여유와 느긋함은 충격으로 다가왔다. 이방인의 눈에 비친 프로방스 사람들은 식사를 두 시간에 걸쳐 하고, 물건을 살 때도 천천히, 계산할 때도 느릿느릿했다. 심지어 길을 건널 때도 절대로 뛰지 않았다. 집을 구하기 전에 묵었던 호텔에서 만난 사람들도 마찬가지였다. 호텔 청소부들도 어찌나 느리게 일하는지, 조금 과장하면 슬로우 모션 영화를 보는 것 같았다.

도착한 지 얼마 되지 않아 장을 보러 슈퍼마켓에 갔을 때였다. 분명히 바쁜 일도 없었는데 나는 습관대로 쇼핑을 마치자마자 서둘러 계산대로 향했다. 재빠르게 계산대들을 훑어보고 줄이 가장 짧은 곳에 섰다. 쇼핑할 때는 느긋하면서도 왜 계산대 앞에만 서면 급해지는지 모르겠다. 본능적으로 머릿속은 온통 계산을 빨리 끝내야 한다는 생각뿐이었다.

그런데 내 앞에 섰던 여자에게 문제가 생겼다. 그녀가 바코드가 찍히지 않은 물건을 가져와 물건을 바꿔다 줄 직원이 필요했다. 계산원은 여기저기 전화를 걸어 물건을 가져다줄 사람을 수소문했으나 점심시간이라 일손이 부족했다. 할 수 없이 그녀가 직접 물건을 가지러 갔고, 그녀 뒤에 서 있던 나는 고스란히 이 모든 과정을 지켜봐야 했다.

📷 엑상프로방스의 구시가지 풍경

'빨리빨리'에 익숙한 내게
느긋한 프로방스 사람들은
낯설기만 했다

짐작하겠지만, '빨리빨리'에 익숙한 내 속이 얼마나 끓었겠는
가. 나 같으면 미안해서라도 그 물건을 사지 않겠다고 했을 텐
데, 그녀는 꿋꿋하게 물건을 바꾸러 가는 거였다. 더 황당한 건
뛰어가지 않는 것이었다. 그녀는 달팽이처럼 느릿느릿 걸어가
서 물건을 집어 왔다.

이런 상황에 열을 올리며 흥분하는 사람은 나뿐이었다. 다들 아무렇지도 않다는 표정으로 차례를 기다리며 조용히 서 있었다. 속으로만 흥분한 것이 다행이다 싶을 정도였다. 동시에 별 것도 아닌 일에 파르르 떨었던 내가 부끄러워졌다. 왜 저들은 남의 실수를 관대하게 보는데 나는 그렇지 못할까? 이 모든 게 '빨리빨리'에 익숙해져 조급하게 살다 보니 생긴 부작용일까?

거북이도 토끼가 될 수 있다

사실, 나는 천성이 느긋한 사람이었다. 나쁘게 표현하면 느림보였다. 학창 시절에는 아침에 늦게 일어나서도 천천히 등교 준비를 하고 아침밥까지 배불리 먹은 다음에 늦었다 싶으면 죽어라 학교까지 뛰어갔다. 지각은 면해야 했으니까. 어릴 때도 밖에 나가 뛰어놀기보다 여유롭게 방에서 책을 읽거나 공상하는 걸 더 좋아했다.

한시도 가만히 있지 못하고 부지런을 떠는 동생과 늘 비교당하는 느림보였지만 결혼하기 전까지는 큰 문제가 없었다. 식구들 천성도 나처럼 느긋했으니까. 그런데 결혼과 함께 느긋함은 비난의 대상이 되었다. 남편은 매사가 정확하고 빠릿빠릿했고, 시어머니는 남편보다 더 빠르고 날쌘 분이었다.

토끼 같은 시어머니와 거북이 며느리의 동거는 시련의 나날이었다. 서로의 잣대로 상대방을 보려니 힘든 일만 생겼다.

날쌘 시어머니는 무슨 일이든 '빨리빨리'였다. 집안일에 서툰 며느리가 한 가지를 할 때 서너 가지 일을 하시면서 느린 며느리를 못마땅해 하셨다. 성격이 느긋하고 행동이 느린 나는 게으름의 표상이 되어 늘 닦달을 당했다. 그 당시, 나는 며느리가 사회적인 약자라 모든 설움을 감당해야 한다며 억울해 했다. 그러면서 시어머니의 취향에 맞춰 갔다. 느림보가 '날쌘돌이'로 변신해야 하는 시절은 고군분투의 연속이었다.

그 덕분에 나는 부지런하고 재빠른 며느리로 다시 태어났다. 물론 시어머니 기준에서 보면 한참 멀었지만. 친정 식구들이 감탄할 정도로 부지런해졌고, 모든 일이 빨리빨리 돌아가지 않으면 참지 못할 정도로 성격도 급해졌다. 오랜 세월 담금질로 천성이 변한 것이다.

그런데 프로방스에 살기 시작하면서, 이곳 사람들의 느긋함에 점점 매료되면서 나를 되돌아보게 되었다. 오랜 세월, 느긋함을 버리느라 애쓰며 힘들었던 시간들을 다시 생각하게 되었다.

느린 게 아니라 즐기는 거야

왜 모든 것을 빨리빨리 처리해야 한다는 조바심에 젖어 있었을까? 왜 느리게 돌아가는 이곳 사람들의 일상을 비난의 시선으로만 바라보았을까? 왜 느리게 살수록 인생을 천천히 바라보면서 즐길 수 있다는 사실을 몰랐을까? 목적지까지 헐레벌떡 뛰어가도 특별한 일 없이, 천천히 걸어오는 사람을 기다리는 것이 인생일 텐데.

왜 빨리빨리 뛰어가서 멍청하게 기다리는 역할을 선택하려는 걸까?

물론 뛰어간 사람이 무조건 걸어온 사람을 기다린다는 것은 억측일지 모른다. 빨리빨리 문화와 습관이 가져다준 장점이 많다는 것도 안다. 하지만 나는 이제 빨리 뛰어가는 것보다 천천히 주위를 바라보고 느끼며 걷는 것이 더 소중한 사람이 되었다.

느림의 미학과 가치를 아는 나이가 되어 그런지도 모르겠다. 그래서 다짐한다.

다시 옛날의 느림보로 돌아가지는 않겠지만, 조급한 마음으로 세상을 바라보지는 말자고. 그리고 천천히, 삶에서 진정 소중하고 가치 있는 것이 무엇인지 느끼고 생각하면서 느긋하게 살아야겠다고.

프로방스에서 살았던 날들을 기억하면서.

여 름 편 지

라 벤 더   향 기
　　　　　　　따 라
흐 르 는   시 간

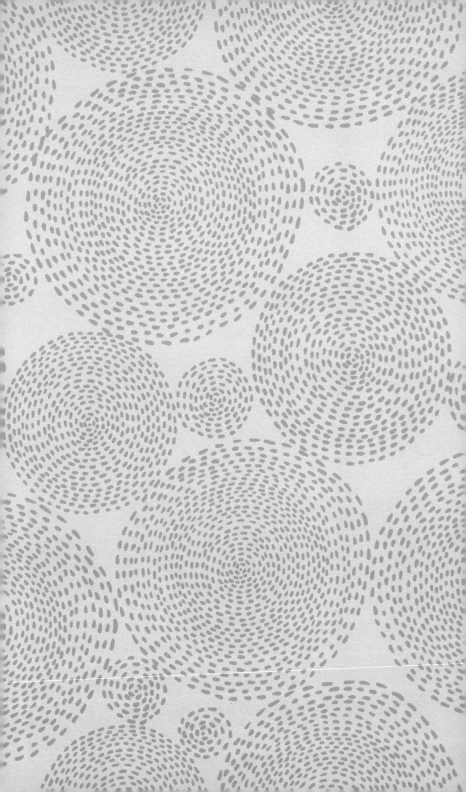

행복은 그처럼 경쾌하게

Provence Letter #08

오후 2시 5분 전. 카페 다리우스는 아직도 점심을 즐기는 사람들로 가득했다. 어디에 앉을까? 빈 테이블을 찾아 서성이는데, 가녀린 몸매의 금발머리 할머니가 카페로 들어섰다. 시원해 보이는 푸른색 원피스가 단정하니 참 잘 어울린다. '혹시 그녀가?'

내 시선을 느꼈는지 그녀가 내게 다가왔다.

"당신이 미셸인가요?"

미셸의 나이는 거꾸로 흐른다

우리는 반갑게 인사를 나누고 빈 테이블을 찾아 앉았다. 첫 만남이 어색했던 나는 우선 그녀에게 엑상프로방스에 산 지 오래되었느냐는 일상적인 질문을 던졌다.

곧 그녀의 긴 답변이 이어졌다. 파리에서 태어나고 자란 그녀는 프랑스의 북부 도시 릴로 이사했다가 리옹에서 오랫동안 살고, 은퇴한 다음 엑상프로방스에 정착한 지 올해로 5년째 란다. 나이 들어 따뜻한 남쪽 지방으로 이사해 정말 좋다며 수줍게 웃는 그녀를 바라보는데, 우리를 초대한 선옥 씨가 활짝 웃으며 나타났다.

미셸은 선옥 씨의 이웃사촌이다. 책읽기를 좋아하고 일흔을 바라보는 나이에도 외국어를 배우는 열혈 할머니다. 영어는 기본으로 하고, 작년부터 이탈리아어를 시작했단다. 대학에서 일주일에 한 번 이탈리아어 강의를 듣고, 개인적으로 모임을 만들어 이탈리아어 회화도 하는 중이다. 또 한 달에 한 번은 이탈리아 책을 읽고 이탈리아어로 토론하는 모임도 하고 있다니 실력이 굉장한가 보다.

갑자기 프랑스어 스트레스 때문에 흰머리가 부쩍 늘었다며 투덜거렸던 내 자신이 민망해졌다. 그래서 왜 그렇게 이탈리아어를 열심히 하느냐고 물었다.

"오페라를 제대로 즐기기 위해서죠. 오페라 공연은 대부분 이탈리아어로 하잖아요."

낭만적이다. 오페라를 사랑하는 마음으로 죽어라 이탈리아어를 공부하다니. 더구나 얼마 전부터 독일 오페라 공연을 감상하기 위해 독일어 공부도 시작했단다. 정말 못 말린다.

문화의 힘이란 이런 것인가 보다. 한류 드라마와 코리안 팝 덕분에 우리말을 배우는 외국인이 늘고 있는 것처럼 문화를 이해하는 기본 코드는 바로 언어니까.

아이는 셋, 엄마도 셋

커피를 주문하면서 선옥 씨가 그녀에게 점심을 먹었느냐고 물었다. 그녀는 웃음을 가득 머금은 표정으로 우리를 보며 말했다.

"그럼요. 오늘도 남편이 아주 맛있는 점심을 차려준걸요."

남편이 차려준 점심? 내 눈이 휘둥그레지자 그녀가 생글생글 웃으며 남편 자랑을 늘어놓았다. 남편이 워낙 요리하는 걸 좋아해 자신은 지금까지 한 번도 식사 준비를 하지 않았단다. 그녀의 집에 초대받았던 선옥 씨도 한몫 거들었다. 그녀 남편이 만든 요리가 너무나 맛있었다며 입맛까지 다셨다.

우리나라에서는 남편이 아무리 요리를 잘해도 매 끼니를 책임지는 일은 불가능하지 않을까? 우리 세대는 물론이고 젊은 세대도 그럴 것이다. 그런데 나는 이곳에서 남편이 요리를 전담하는 커플을 세 쌍이나 만났다. 부러운 표정으로 "그러면 설거지는 누가 하느냐?"고 물었다.

"당연히 설거지는 내가 해야죠. 그런데 호호호, 우리 집에 식기세척기가 있거든요."

그녀는 '그 다음은 말 안 해도 알죠?' 하는 짓궂은 미소를 지었다.

📷 프로방스의 카페 풍경

커피 한 잔의 여유와 함께
정을 나누는 이곳에는
미셸을 닮은 이들이 많다

말이 나온 김에 그녀의 집안일을 들추어보았다. 요리는 남편이 하는 대신 집안 청소와 다림질 같은 나머지 집안일은 그녀 몫이란다. 이런 공평한 가사 분담은 맞벌이하던 젊은 시절부터 은퇴한 지금까지 변함없이 계속되고 있단다. 순간, 한국에서 맞벌이하면서도 그렇게 살지 못했던 우리는 부러운 감탄사를 터트렸다.

대화는 구체적인 가정사로 접어들었다. 아들 둘을 둔 그녀가 둘째 아들 이야기를 꺼냈다. 리옹에 살고 있는 둘째아들이 아이를 셋 두었다는 말을 들을 때까지는 평범했다. 손주 셋을 둔 할머니도 저렇게 소녀처럼 해맑을 수 있구나 하는 생각만 했다. 가끔 중학생인 큰손녀가 엑상프로방스로 놀러오면 함께 영화를 보러 가고 지중해로 수영하러 간다는 말까지도 괜찮았다.

"우리 손주들, 엄마가 다 달라요. 당신들한테는 좀 충격적인 이야기죠?"

사는 게 이처럼 행복한 것을

동거와 이혼이 수없이 반복되는 프랑스 가정의 복잡함은 이미 알고 있었지만, 아이들의 엄마가 모두 다르다는 사실은 놀라웠다. 세 아이의 아빠가 다른 경우보다 더 쇼킹했다. 그녀는 담담하게 둘째아들 이야기를 이어갔다.

첫 손녀는 아들이 동거할 때 태어났고, 그 다음에 정식으로 결

프로방스에서는
사소한 것 하나도
그림이 된다

혼한 여자와 둘째를 낳고 살다가 헤어졌단다. 그리고 두 번째
결혼한 여자와 셋째를 낳았다니, 프랑스답게 복잡한 가정사다.
다행인지 불행인지 큰아들은 결혼도 안 했고 아이도 없단다.
그녀 역시 첫 결혼에 실패한 후 지금 남편과 재혼했다는데, 그
녀의 남편은 초혼이었다.

"손주가 셋이나 되니까 돌보느라 힘들었겠어요."

"전혀요. 우리 둘째가 다행히 장모들을 잘 만나서요."

장모들을 잘 만났다면, 프랑스도 친할머니보다 외할머니가 손주를 키우는 관행이 있는 걸까?

"꼭 집어 외할머니가 손주를 키운다는 건 아니지만, 자연스럽게 딸 엄마들이 손주를 돌봐주고 육아를 돕는 경우가 많아요. 지금 갓난아기인 셋째 손주도 안사돈이 돌보고 있는걸요."

그녀는 은근히 자신이 아들 엄마인 것이 다행이라는 표정을 지었다.

순간 모임에서 만난 화가 엘리자베스가 생각났다. 파리에서 직장을 다니는 딸을 대신해 손주들을 봐주느라 수시로 파리와 엑상프로방스를 오가던 그녀의 지친 얼굴이 떠올랐다. 한국이나 프랑스나 딸 가진 엄마는 고단한 법인가 보다.

오랜 수다를 마무리하고 일어서는 길. 미셸이 앨범을 산다며 음반 체인점 프낙으로 향했다. 오페라 앨범을 사러 가느냐고 물었더니 포르투갈의 전통음악 파두 CD를 살 거란다. 어제, 텔레비전에서 젊은 포르투갈 가수의 공연을 보고 그의 매력에 푹 빠졌다나. 조만간 포르투갈어를 배우겠다고 나설지도 모르겠다.

그녀와 명랑한 얼굴로 다시 만날 약속을 정하고 돌아섰다. 좋아하는 가수의 앨범을 사러 가는 그녀의 뒷모습이 살랑살랑 경쾌하다.

세잔의 그림 속으로 오르는 길

Provence Letter #09

6월 중순인데도 바람이 차다. 유럽에서 날씨가 가장 좋다는 프로방스지만 날씨 변덕은 아무도 못 말린다. 어제까지 민소매 옷을 입어야 할 정도로 덥더니 오늘 아침은 소름이 돋을 것처럼 날이 차다. 발코니 창을 열자 찬바람이 밀려들어온다.
날카로운 바람에 놀란 우리는 반바지를 긴 바지로 갈아입고, 긴팔 옷에 얇은 점퍼까지 입고 집을 나선다.

우리들의 놀이터, 생트 빅투아르

　　세잔이 그려 세계적으로 유명해진 산, 생트 빅투아르는 엑상프로방스 사람들에게 더없이 좋은 놀이터다. 거인의 주름치마 같은 봉우리를 둘러싸고 생긴 산이 넓고도 깊은 곳이다. 이른 아침이라 산 아래에 있는 주차장이 한산하다. 주차장 맞은편에 있는 나무숲에는 벌써 자리를 잡고 앉아 빵을 먹고 있는 가족들이 보인다. 아침에 눈을 뜨자마자 먹을 것을 챙겨 들고 이곳으로 소풍을 왔나 보다. 오늘 산책 코스는 주차장에서부터 산허리에 있는 비몽댐까지 다녀오는 길이다. 약간의 오르막과 내리막길이 있지만, 경사가 완만하고 왕복 두 시간 거리라 산책하기에도 알맞다. 무릎을 아껴 써야 하는 내게 자연을 즐기면서 운동도 할 수 있는 적당한 코스다.

주차장을 지나 작은 시냇물을 건너자 오른쪽으로 커다란 잔디밭이 보인다. 자리를 깔고 앉아 따뜻한 햇살과 산들산들 불어오는 산바람을 맞으며 책을 읽다 보면 세상에서 가장 편안하고 행복해지는 곳이다. 이곳에 누워 프로방스 하늘을 바라보며 어린아이처럼 즐거워했던 기억이 떠오른다. 벌써 2년 전이다. 자주 놀러오자고 약속했는데 뭘 하느라 바빴는지 다시 찾을 여유가 없었다.

산 쪽으로 이어지는 길로 들어선다. 한 5분쯤 걸었을까? 협곡같이 생긴 옛날 대리석 채석장이 보인다. 아주 오래 전, 이곳이 바다였을 때 만들어진 역사들이 차곡차곡 바위에 담겨 있다. 흙과 자갈, 그리고 바다 생명체들이 셀 수 없는 시간을 거치면서 창조한 예술 작품에 감탄사를 연발하며 채석장을 지나간다. 바로 오르막길이 시작된다. 그래도 세잔이 그림을 그렸던 비베무스 채석장에서 소설가 에밀 졸라의 아버지가 건설한 졸라 댐까지 가는 코스보다는 수월하다. 산길을 걸으며 바라보는 빅투아르산은 가슴이 시원해질 정도로 훤하게 잘생겼다.

　　　　우리 옆으로 자전거들이 지나간다. 넓고 완만한 산길
은 자전거를 즐기기에도 더없이 좋다. 길에는 산행하는 이들
을 위한 위치 표시와 더불어 자전거를 위한 표지판이 다정하
게 서 있다. 1989년에 일어난 대형 산불 때문인지 키 큰 나무
가 많지 않아 전망도 아주 좋다.
건조한 프로방스 날씨 탓에 나무들은 거의가 침엽수다.

처음 프로방스에 도착했을 때, 쭉쭉 뻗은 멋진 소나무들을 보
고 깜짝 놀랐다. 반가움과 동시에 약간 혼란스러웠다. 소나무
는 우리나라 나무라는 착각 때문이었다. 굳이 변명하자면 '남
산 위에 저 소나무'로 시작되는 애국가 가사 때문이었다.
내 전공은 임학이다. 돌이켜 생각해보면 참 좋은 학문인데, 당
시에는 그 가치를 몰랐다. 나무 공부가 내 적성에 맞지 않았고,
설상가상 여자라는 이유로 취업도 힘들었다. 결국 부전공을
선택하고, 대학을 마친 후에도 그 길로 접어들었으니 전공을
제대로 알 리 없었다.
대신 전공은 놀림거리가 되었다. 누구든 내 전공을 알고 나면
짓궂은 웃음을 달고, 저 나무 이름이 뭐냐고 묻는다. 대답 못
하고 쩔쩔매는 나를 놀리는 재미가 그렇게도 좋은가 보다.
"임학과, 이 나무 이름은 뭐야?"
"학명을 아는 나무가 소나무랑 은행나무뿐이라고? 설마 4년

동안 비싼 등록금 내고 겨우 그것만 배운 건 아니겠지?"
이렇게 나를 놀려먹던 남편은 이제는 그마저도 시들해졌는지,
아니면 내가 나무를 공부했다는 사실을 잊어버렸는지 더 이상
나무 이름을 묻지 않는다.

분비나무 앞을 지나던 남편이 발걸음을 멈춘다. 좋아하는 나
무를 바라보는 것이 행복하다는 표정이다. 카메라를 꺼내 잘
생긴 나무를 렌즈에 담는다.

그 나무들처럼 잘생긴 풍경화

　　　　　15분쯤 걸었을까? 소나무 숲과 어우러진 야외 식탁
이 보인다.
"저기서 커피 한잔 마시고 갈까?"
보온병에서 커피를 따르고, 무화과 잼을 바른 빵을 꺼낸다. 커
피를 마시며 바라보는 산은 또 다른 모습이다. 바람에 솔향기
가 날아든다. 바람 때문에 차가워진 공기가 우리를 휘감는다.
남편은 배낭에서 점퍼를 꺼내 입고, 우리는 다시 비룡담을 향
해 발걸음을 옮긴다.

길이 완만하고 넓다. 편안하고 경치도 좋다.
길을 걷는 동안 우리의 이야기는 끝없이 이어진다. 간간히 청
량하고 경쾌한 새소리가 우리의 수다를 파고들지만 대화를 방
해하지 못한다. 젊음이 우리 부부를 비껴가면서 가져간 갈등

과 불화가 새삼 고맙게 느껴진다. 우리를 더 금슬 좋은 부부로 만들어준 프로방스에 고마움을 전한다.

드디어 비몽댐에 도착했다. 댐에 담긴 물빛이 지중해 같다. 졸라댐의 빛바랜 초록 물빛과 참 다르다.
"두 시간이면 정상까지 올라갔다 내려올 수 있을 텐데……"
주말마다 이 산을 올랐던 남편이 산 정상을 바라보며 아쉬워한다. 그래도 할 수 없다. 오늘 우리는 등산이 아닌 산책 나온 거니까.
비몽댐을 돌아 내려오는 길은 경치가 더 좋다. 곳곳에 지금 자연보호 구역을 지나고 있으니 조심해달라는 작은 알림판이 보인다. 햇살이 달아오르기 시작한다. 바람의 힘도 만만치 않다. 오후가 되면 바람을 뚫고 나온 햇살이 더 강해질 것이다.

그 품에 다시 안기고 싶다

내려오는 산길은 넓은 잔디밭과 이어진다. 벌써 그늘에 자리를 잡고 앉아 점심을 먹고 있는 가족들이 보인다. 어른과 아이 들이 뒤섞여 공을 차는 팀도 있다. 잔디밭 한가운데에 오롯이 자리 잡고 앉은 넓은 바위가 햇빛을 받아 반짝인다. 아무리 바람이 서늘해도 햇빛이 만만치 않은데, 젊은 커플 한 쌍이 바위에 누워 일광욕을 즐기고 있다.
우리는 나무그늘에 자리를 깔고 앉았다. 옆자리에서는 피크닉

이 한창이다. 열 명이 넘는 사람들과 개 두 마리가 점심을 즐기는 중이다. 음식도 푸짐하고, 분홍색 와인에 취해가는 모습이 행복해 보인다. 포도주를 잔뜩 들고 우리 앞을 지나가는 이들도 보인다. 그들을 부러운 눈으로 바라보며 집에 가자마자 와인을 마시자는 무언의 약속을 나눈다.

햄버거와 건조한 소시지 그리고 사과를 먹고 난 우리는 벌러덩 하늘을 향해 누웠다. 그늘에 자리를 잡아 그런지 산들거리는 바람에도 추위가 느껴진다. 햇살 쪽으로 자리를 옮기고 다시 눕는다.

깔깔거리며 공을 차는 아이들을 보다가 눈을 돌려 삐죽빼죽 솟은 산을 바라본다. 나무들이 바람을 따라 휘리릭 노래를 부른다. 웃자란 풀들도 바람과 함께 춤을 춘다. 평화롭다.

행복은 멀리 있지 않다.
사랑하는 사람과 함께 자연의 품안에서 맛있는 음식을 먹고,
도란도란 사는 이야기를 나누고, 마음껏 웃는 순간 속에 있다.
나른한 햇살 아래, 눈을 감고 누운 마음이 따뜻해진다.
넉넉한 산의 품이 포근하고 아늑하다.

음악이 내게 말을 걸어온다
Provence Letter #10

저녁을 먹자마자 설거지도 팽개치고 집을 나섰다. 발길이 닿은 곳은 내가 다니던 학교 마당에 마련된 작은 음악회장. 사방이 중세풍의 건물로 둘러싸인 이곳은 마당 가운데에 작은 분수가 있고, 마당 한쪽에는 건장한 아름드리나무가 서 있는 천혜의 콘서트장이다.

기울기 시작한 여름 햇살도 적당하게 식어 음악을 듣기에 좋은 시간이다. 잠시 후, 피아노와 바이올린 협주가 시작되었다. 남프랑스 항구 도시 툴롱에서 오페라 협연을 할 때 만났다는 두 연주자의 호흡이 환상적이다.

30분간 계속되는 멋진 연주를 들으며 살짝 고개를 들어 프로방스의 파란 하늘을 바라보았다.

코끝을 스치는 기운이 상쾌했다. 오감이 즐거워지는 시간이다.

　　연주회가 끝났다. 남편과 나는 부지런히 연주회장을
빠져나와, 건물 맞은편에 있는 아르슈베세 광장으로 향했다.
광장은 벌써, 사람들로 꽉 차 있었다. 아이들을 데리고 나온 부
부, 순하게 생긴 강아지를 안고 나온 할머니, 떨어지면 큰일 날
듯 꼭 끌어안고 있는 연인들, 친구들과 담소를 나누고 있는 사
람들……. 모두가 편안한 얼굴로 광장 한쪽에 마련된 소박한
무대를 바라보고 있었다.

무대라고 하지만 단상이 있는 것도 아니다. 관객들과 조금 떨
어져 있을 뿐인 단출한 공간이다.

검은 옷을 입은 여섯 명의 연주자가 무대로 향하는 순간 광장
위를 배회하던 새들이 일제히 날아들었다. 우리처럼 연주를
들으러 오는 길인가 보다.

두 대의 바이올린과 두 대의 기타 그리고 아코디언과 콘트라
베이스로 구성된 연주회가 시작되었다. 애절하고 구슬프면서
도 정열적인 연주에 관객들의 눈이 반짝였다. 작가이자 작곡
가인 뢱 뒤부아가 구성한 이 그룹의 이름은 징가리아. 푸른 지
중해가 출렁이는 도시 니스에서 활동하는 이들의 음악은 향수
를 불러일으키는 힘을 가졌다.

흥겨운 연주가 듣는 이의 가슴을 촉촉하게 적신다. 관객들은
연주자의 몸짓, 손놀림 그리고 눈빛 하나까지도 놓치지 않으

📷 아르슈베세 광장에서 열린 거리음악회

무대는 따로 없지만, 음악이 있기에
그 자체가 무대다

려는 듯 숨소리도 크게 내지 못했다. 엄마 아빠를 따라온 다섯
살 난 꼬마도 연주에 빠져들었다. 관객과 연주자가 하나가 되
는 황홀한 순간이다.

음악으로 가득 찬 아르슈베세 광장에 해 지는 소리가 들렸다.
어스름한 조명이 불을 밝히는 순간, 여름밤이 끝나고 우수에
젖은 가을로 접어드는 느낌이다. 애절한 바이올린 선율에 가
슴이 두근거렸다.
음악이 내게 말을 걸어온다. 당신은 무엇이 두려운가? 무엇이

걱정인가? 당신은 무엇이 미치도록 보고 싶고 그리운가? 지금
당신은 행복한가? 진정한 자아를 찾았다고 생각하는가? 연주
를 듣는 내내 마음이 차분해지면서 시끄러워진다. 묘한 기분
이다.

사람이 모이는 곳이면 어디나

　　30분간의 연주가 끝났어도 관객들은 자리를 뜨지 못
했다. 계속 앙코르 박수를 치면서 연주자와 헤어지기를 거부

했다. 어느새 깊어진 여름밤이 서늘했다. 이제 이곳을 떠나야 할 시간인데 발걸음이 떨어지지 않았다. 서운하냐고? 그렇지 않다. 내일, 음악회가 또 있으니까.

상상해보라. 16일 동안 100개의 콘서트를 공짜로 즐길 수 있다면 얼마나 좋을지. 게다가 정장을 입어야 한다는 답답한 규칙도 없다. 그냥 오늘처럼 편안한 차림으로 와서 음악을 듣고, 마음가는대로 즐기기만 하면 된다. 이렇게 자유롭고 편안한 음악회, '거리음악회'가 지금 우리 동네에서 열리고 있다.

거리음악회는 말 그대로 거리에서 자유롭게 열리는 음악다. 올해는 엑상프로방스 시내 일곱 곳에서 서른다섯 팀을 이룬 128명의 음악가가 저마다 개성이 강한 콘서트를 열고 있다. 작년에도 비슷한 시기에 비슷한 규모의 거리음악회가 열렸고, 재작년에도 거리음악회는 계속되었다. 그러고 보니 내가 이곳에서 거리음악회를 만난 것이 올해로 다섯 번째다.

처음 이 음악회를 만났을 때의 감동은 지금도 잊지 못한다. 인구가 13만 명인 작은 도시에서 열리는 거리음악회가 얼마나 화려하던지. 열흘 동안 100여 개의 콘서트가 도시 곳곳에서 열리고 있었다.

"오늘 저녁에는 자연사박물관 마당에서 열리는 콘서트를 보고, 내일은 자스 드 부팡 야외음악당에서 하는 필하모니 연주회를 듣고……. 토요일 저녁에는 어떤 걸 보지? 미라보 거리에서 하는 재즈공연도 재미있을 것 같고, 시청 광장에서 열리는 플라멩코 공연도 보고 싶고……."

거리음악회가 열리던 첫해, 우리 부부는 이렇게 팸플릿을 놓고 한참동안 행복한 고민을 했다. 아마도 공짜라는 말에 혹했던 것 같다. 그 후 공짜의 유혹은 우리를 변하게 했다. 가물에 콩 나듯 음악회를 가던 우리가 프로방스에서는 수시로 음악회를 즐기고 있으니까.

공짜라지만 콘서트의 수준은 꽤 높다. 매년 전문위원회가 열려 거리음악회에서 연주할 뮤지션을 엄선한다고 한다.

거리음악회의 여운이 쉽게 가시지 않는다. 이대로 집으로 돌아가기에는 뭔가 아쉽다. 시원한 맥주를 마시며 우리끼리 거리음악회 뒤풀이를 해야 할 것 같다. 카페로 향하는 길, 여름밤의 낭만이 더 깊어진다.

올가표 자두, 올가표 우정

Provence Letter #11

며칠 전부터 자꾸 올가 생각이 났다. 생각난다는 것은 보고 싶다는 신호다. 그냥 보고 싶은 것이 아니라 그녀의 부재가 태산처럼 크게 느껴졌다. 그녀가 프로방스 집을 떠나 고향인 모스크바에 머물고 있어서 더 그랬나 보다.

그녀는 러시아 소아과 의사다. 국제기구에서 근무하는 남편을 따라 외국을 떠도느라 전문의를 따 놓고도 제대로 일을 하지 못했다. 일을 못 할수록 일에 대한 열망은 더 커졌다. 그녀는 이곳 프로방스에서도 일자리를 알아보았지만 뜻대로 되지 않았다.

우리는 텔레파시가 통하는 사이

국경없는의사회도 있지만 현실적으로 의사라는 직업은 국경을 넘고 말이 달라지면 제 역할을 하지 못한다. 결국 그녀는 일을 위해 잠시 남편과 떨어져 있기로 하고, 6개월째 모스크바 병원에서 근무하고 있다. 이번 기회에 전공도 소아과에서 방사선과 전문의로 바꿀 생각이란다.

그녀가 보고 싶어진 나는 안부라도 전하고 싶어 컴퓨터 앞에 앉았다. 그녀에게 이메일을 쓸 생각이었다. 그때 불현듯 그녀가 8월에 잠깐 다니러 올 거라고 한 말이 떠올랐다. 어쩌면 벌써 프로방스 집으로 돌아왔을지도 모른다는 조바심이 일었다. 무작정 그녀의 집으로 전화를 걸었다.

전화벨이 여러 번 울리도록 응답이 없었다. 역시 없구나. 다시 이메일을 써야겠구나, 하면서 전화를 끊으려는 순간 "알로~" 하는 목소리가 들렸다. 숨을 헉헉거리는 것을 보니 전화를 받으려고 뛰어온 것 같았다.

"세상에! 집에 있었어?"

반가움과 놀라움에 환호성을 지를 뻔했다. 나보다 더 놀란 건 그녀였다.

"지금 집에 막 들어왔어! 오늘 아침 비행기로 마르세유프로방스 공항에 도착했거든. 그런데 내가 돌아온 걸 어떻게 알고 전화한 거야? 혹시 내가 오는 날짜를 기억하고 있었어?"

목소리에 반가움과 감동이 잔뜩 묻어 있었다. 물론 그녀가 돌아오는 날을 기억할 리 없었다. 그녀가 언제 오는지도 몰랐으니까. 하지만 친구 사이에는 텔레파시가 터진다더니 우리가 그런 사이인가 보다.

"우리 지금 당장 만나! 아니, 오늘은 집이 완전 엉망이라서 안

되겠네. 오늘 내가 청소 싹 해놓을 테니까 내일 우리 집에 놀러
와! 같이 밥 먹고, 와인 마시고, 수다도 잔뜩 떨자. 너무너무 보
고 싶었어!"

호들갑이 장난이 아니다. 평소 차갑게 느껴질 정도로 이성적
이던 그녀가 이렇게 흥분하는 걸 보니 내가 무척 보고 싶었나
보다. 기분이 좋아진 나는 내일 그녀의 집으로 놀러가겠다고
약속했다.

자두 맛처럼 라벤더 향처럼

　　　　다음날, 아침 일찍 마노스크로 가는 시외버스를 탔
다. 시외버스터미널에 도착하자 나를 기다리고 있는 그녀가
보였다. 우리는 서로를 얼싸안고 어린아이처럼 깡충깡충 뛰다
가 볼 키스를 했다. 그녀의 차 안에서 우리는 서로 누가 먼저랄
것도 없이 그동안의 그리움을 쏟아놓았다.

그녀의 집 대문을 들어서는데 가지가 휘어져라 열매를 매달고
있는 나무들이 보였다. 거봉 포도 알만한 열매를 잔뜩 끌어안
고 서 있는 자두나무였다.

차에서 내리자 그녀의 남편인 블라디미르가 기다렸다는 듯이
다가왔다. 그의 자동차가 고장이 나서 올가의 차를 대신 타야
한단다. 나 때문에 출근이 늦어진 그는 인사를 나누기 무섭게
차를 몰고 집을 나섰다. 차가 멀어지자 집으로 돌아갈 일이 걱
정되었다.

"걱정 마. 내가 터미널까지 데려다줄게. 걸어서 30분밖에 안 걸려."

걸어서 30분? 걷는 건 문제가 아닌데, 어떻게 프로방스의 한여름 땡볕을 견디며 터미널까지 갈지 살짝 한숨이 나왔다. 그러거나 말거나 그녀의 표정은 태평했다.

"우선 이 자두 칵테일 한 잔 마셔봐."

정원 테라스에 자리를 잡자마자 그녀가 직접 만들었다는 자두 칵테일을 내왔다. 우리는 달콤한 자두 칵테일을 마시며 본격적으로 수다보따리를 풀기 시작했다.

그동안 밀린 이야기가 산더미 같은데 자꾸만 대화가 빗나갔다. 원인은 그녀에게 있었다. 오랫동안 프랑스어를 쓰지 않아 그런지 단어를 많이 잊어버렸다. 그렇게 열심히 프랑스어를 공부했는데 단 몇 달 멀어졌다고 말이 막히다니. 외국어는 정말 야속한 존재다.

나보다 먼저 프로방스에 왔고, 프랑스어도 잘했던 그녀가 지금은 내게 의지해 이야기하고 있다.

그녀가 잊어버린 단어를 알려주면서 이런저런 이야기를 주절주절 떠들다 보니 목이 살짝 아파왔다. 슬슬 배도 고팠다. 시계를 보니 12시가 다 되었다. 서둘러 점심을 먹어야 엑상프로방스로 가는 2시 35분 버스를 탈 수 있을 것 같았다.

"말도 안 돼! 아직 할 이야기가 얼마나 많이 남았는데 벌써 간다고? 내가 5시 버스는 꼭 타게 해줄 테니까 그때까지 나랑 같이 있어야 해. 알았지?"

그녀는 점심을 준비하면서 내내 협박성 멘트를 날렸다. 2시 35분 버스를 타겠다고 고집을 부렸다간 우정에 금이 갈 것 같았다. 할 수 없이 5시 버스를 타기로 타협하고 점심을 먹었다.

그녀가 준비한 점심은 맛있었다. 스테이크도 알맞게 구워졌고, 싱싱한 샐러드도 일품이었다. 그녀가 엄선한 와인은 또 어찌나 훌륭하던지. 나는 다이어트를 해야 하는데 그녀 때문에 엉망이 되었다고 투덜거리면서 접시에 가득한 음식을 다 비웠다.

"그 나이에 다이어트를 하면 시든 배추가 되는 거 몰라? 날씬한 것도 좋지만 건강을 위해서는 잘 먹는 게 더 좋은 거야."

그녀는 의사답게 말하며 접시 위에 후식으로 준비한 치즈를 올려놓았다. 결국 그녀의 꼬임에 넘어가 치즈를 먹고 디저트로 케이크와 무스까지 먹고 말았다. 재스민차를 마실 때는 숨도 못 쉴 정도로 배가 불렀다.

그런데 이렇게 배가 부르다고 헉헉거리면서도 식탁 위에 놓인 자두에 자꾸 손이 갔다. 자두 맛이 얼마나 좋은지 모른다. 가지치기를 안 해서 알은 작지만 맛은 환상적이었다. 쫄깃쫄깃하고 달면서 전혀 시지 않았다. 내가 이렇게 자두를 좋아하는 사람이 아니었는데 싱그러운 자두 맛에 푹 빠져버렸다.

집으로 돌아가야 할 시각이 가까워지자 그녀가 친정엄마처럼 이것저것 챙기기 시작했다. 가위를 들고 성큼 정원으로 나가

더니 라벤더 꽃들을 잘라냈다. 내가 라벤더를 좋아하는 걸 기억하고 있었나 보다. 수확기가 지난 라벤더는 빛바랜 보라색이 되었지만 진한 향기만은 여전하다. 그녀는 라벤더 꽃을 잘라 예쁜 부케를 만들고, 미리 준비해둔 자두 보따리를 들고 와서 쇼핑백에 가득 담았다.

세상에. 커다란 쇼핑백에 담긴 자두가 많아도 너무나 많았다. 이렇게 많은 자두를 가져가기가 염치없고 미안했다. 솔직히 차도 없이 무거운 자두를 집까지 들고 갈 엄두도 나지 않았다.

그래, 그 마음 하나면 충분해

"부담스러워 하지 마. 자두를 가져가는 게 정말로 나를 도와주는 거니까."

그녀가 족집게처럼 내 마음을 읽고 나를 달래주었다. 하긴 정원에 가득한 자두나무는 올가네 세 식구가 먹기에는 너무 많다. 빨리 자두를 따지 않으면 정원으로 떨어져 난리가 날 것 같다. 그래도 그렇지, 이렇게 많은 자두를 다 어떻게 들고 가야 할까.

잠시 행복한 걱정을 하는 사이, 그녀가 러시아에서 사온 허니 케이크와 초콜릿까지 쇼핑백에 담았다. 집에 가서 꼭 남편과 나누어 먹으라는 당부까지 하면서.

그녀는 출발 준비를 끝내자마자 쇼핑백을 덥석 들고 앞장섰다. 터미널까지 이어지는 지름길로 가자며 집 뒤로 난 산길로 접어들었다. 샌들을 신고 걷기에는 험한 길이다. 오후에 더 뜨거워지는 프로방스의 햇살이 빗발치듯 쏟아졌다.

핸드백을 달랑 메고 걷는 것도 힘든데, 그녀는 무거운 쇼핑백을 들고 산길을 잘도 걸었다. 체구도 작고 몸매도 호리호리한 그녀에게 저런 힘이 나오다니…… . 아무리 나보다 젊다지만 불가사의한 일이다. 산길을 걷는 동안 내가 몇 번이나 짐을 나누어 들자고 간청해도 들은 척도 하지 않았다.

터미널에 도착하고, 버스에 오를 때가 되서야 그녀가 쇼핑백을 건네주었다. 헉! 팔이 휘청거려 몸의 중심을 잃을 정도로 무거웠다. 순간 가슴이 뭉클뭉클해졌다. 나를 위해 이 무거운 것을 들어준 그녀의 따뜻한 마음과 우정에 어떻게 감사해야 할지 모르겠다.

고맙다는 말로는 부족한데 그 말밖에 할 말이 없었다. 언어의 문제가 아니다. 마음을 절절하게 표현하지 못하는 무덤덤한 성격 탓이다. 그래도 할 수 없다. 고치지 못하는 성격을 탓하기보다 나처럼 덤덤한 그녀의 성격에 기대를 걸어본다.

가재는 게 편이라고 우리는 성격이 비슷하니까
그녀도 이런 내 마음을 알아주겠지.

프랑스 여자는 다 예쁘다
Provence Letter #12

15년 전이었던가, 프랑스 유학을 마치고 돌아온 동창이 게으른 주부의 길로 접어들려는 우리에게 따끔하게 일침을 놓았다. "프랑스 여자들은 아침 일찍 바게트를 사러 갈 때도 화장하고 가더라. 너희도 아줌마 되었다고 늘어지지 말고 그들처럼 자신을 가꿔야 해. 그게 경쟁력이라고."

푸하하, 우리는 웃음을 터트렸다. 과장도 심해라. 그깟 빵 하나 사러 가는데 화장하고 차려입고 나가냐? 우리가 프랑스에 못 가봤다고 그렇게 뻥을 쳐도 되는 거냐? 우리의 반응은 이랬다. 동창은 "믿거나 말거나 너희들 마음이지만, 프랑스 여자들이 얼마나 열심히 자신을 가꾸는지 알아둬"라면서, "여자는 스스로 가꾸지 않으면 여자이기를 포기한 거야"라는 선언까지 했다.

솔직히 그의 말에 살짝 쇼크를 받았다. 그 당시 나는 막 게을러지는 아줌마 근성에 물들고 있었으니까. 그때 받았던 쇼크는 시간이 지나면서 사그라졌지만, 정말 프랑스 여자들이 바게트를 사러 가면서도 예쁘게 화장하고 갈까, 하는 궁금증은 잊히지 않았다. 아니, 더 커져 갔다.

프로방스에 와 가장 먼저 그 사실을 확인하고 싶었다. 그런데 아쉽게도 아직까지 확인하지 못했다. 내가 이른 아침에 바게트를 사러 가는 일이 없기도 했지만, 바게트를 점심이나 저녁에 사는 이들도 많기 때문이다. 대신 부스스한 머리에 추리닝 차림으로 바게트를 사는 여자들도 보지 못했다. 이곳 여자들은 운동할 때를 빼놓고는 거의 추리닝을 입지 않으니까.

동창은 파리에 살았기 때문에 아침 일찍 예쁘게 화장하고 바게트를 사는 프랑스 여자를 많이 만났는지 모르겠다.

어쨌든 프랑스에는 멋쟁이들이 참 많다. '패션의 나라' 국민이라 그런가, 옷차림도 세련되고, 늘 미모를 가꾸고 살아 그런지 날씬한 여자들이 많다. 몸매는 또 어찌나 우월한지 그들 앞에 서면 저절로 기가 죽을 정도다. 오리지널 남프랑스 사람들은 비교적 키가 작지만 다리가 길어 옷태가 좋다. 그들의 우월한 유전자를 부러워하다가 하루해가 다 갈 정도다.

바게트는 확인하지 못했지만, 아침 시장에서 만나는 프랑스 여자들을 보며 그들이 얼마나 멋쟁이인지는 실감하고 있다.

그녀들은 가까운 곳에 갈 때도 멋을 부리는 경우가 많다. 특히, 젊은 여자보다 할머니들의 패션이 눈에 띈다.

오늘도 아침 시장에서 샐러드를 사다가 아래층 할머니를 만났는데, 검은색 바지에 베이지색 블라우스를 입고 베이지색 단화를 신었다. 검은색 베레모와 선글라스를 매치한 그녀의 손에는 정열적인 빨간색 장바구니가 들려 있었다.

그뿐이 아니다. 가슴골이 다 보이는 하늘하늘한 실크 원피스에 보색 대비로 카디건을 걸쳐 입은 중년 여인은 카디건과 같은 색의 신발을 신고, 같은 색 장바구니를 들고 있었다. 흰 블라우스에 코발트색 진 바지와 구두를 매치해 입은 할머니가 노란색 장바구니를 끌고 가는 모습도 인상적이다.

그러고 보니 아침 시장에는 예쁘게 차려 입은 할머니들이 많이 보였다. 이곳 프로방스가 은퇴자들이 선호하는 곳이라 그런가 보다.

가꾸는 건 나이를 따지지 않는다

프랑스 할머니들의 옷차림은 알록달록 요란하지 않다. 세련된 단색을 선호하는 이곳 할머니들은 입고 있는 옷과 구두의 색을 맞춰 신을 줄 아는 센스쟁이들이다. 베이지색 블라우스에 흰 스커트를 입었다면 신발은 베이지색을 신고, 포인트가 되는 빨간색 가방을 드는 식이다.

헤어스타일도 패션 못지않게 세련되었다. 연금을 받아 여유가 많은 할머니들은 매일 아침마다 미장원에서 머리를 손질한다는 소문이 있는데, 맞는 말인가 보다. 정말 프랑스 할머니들은 동창의 말처럼 여자이기를 끝까지 포기하지 않는 분들이다.

프랑스 여자들은 세계가 주목하는 멋쟁이다. 특히 그들의 색감 매치는 예술적이다. 주로 검은색 옷을 입지만 포인트를 주는 컬러가 꼭 있다. 포인트 컬러끼리도 환상적인 조화를 이룬다. 예를 들어, 검은 원피스에 빨간 하이힐을 신고 가슴에 빨간색 코사지를 달거나, 보라색 스카프를 두르고 보라색 단화를 신는 것 같은 조합 말이다.

멋쟁이는 하루아침에 태어나는 것이 아니다. 프랑스 여자들이 예쁘다고 소문난 것은, 그녀들의 패션 감각이 뛰어난 것은, 문화와 예술을 사랑하고 이해하는 그들의 오래된 저력에서 오는 결과일 것이다.

오늘도 시청 앞 카페에 앉아 지나가는 '그녀들'을 바라본다.
그녀들의 하늘하늘 어여쁜 날개옷이
보고 또 봐도 질리지 않는 그림처럼 아름답다.

두 번의 결혼식, 두 번의 피로연

Provence Letter #13

남편의 회사 동료인 데비가 결혼한단다. 잘생긴 남편과 귀염둥이 아들을 둔 그녀의 결혼 소식에 어리둥절해졌다. 그녀가 다시 시집 가려는 걸까, 하는 상상까지 했다. 물론 아니었다. 지금 살고 있는 남편과 정식으로 결혼식을 올린다는 것이다.

동거 커플에 어느 정도 익숙해졌건만, 나는 이런 상황과 마주칠 때마다 촌스럽게 놀라고 당황한다. 특히, 스코틀랜드 출신인 그녀 내외는 정말 우리처럼 결혼하고 아이를 낳은 부부라고 믿었기에 더 놀랐다. 어쨌든 그녀의 결혼은 축하할 일이다.

킬트 무늬에 취한 결혼식

프랑스에서 처음 만나는 결혼식에 가슴이 설랬다. 데비 부부의 결혼식이 열린 날은 6월 6일. 남편과 함께 그녀가 사는 피에르베르의 시청으로 갔다. 시청 앞은 스코틀랜드 백파이프 연주로 떠들썩했다. 결혼식을 축하해주기 위해 스코틀랜드에서 온 친척과 친구 들이 열정적으로 연주하고 있었다. 흥겨운 연주가 한창일 무렵, 신부가 도착했다. 하늘색 드레스를 입은 그녀는 평소보다 아름다웠다.

프랑스 사람들이 결혼식을 하는 방법은 두 가지다. 자신이 살고 있는 지역의 시청에서 시장의 주례로 하거나, 자신이 다니는 성당에서 신부의 주례로 한다. 결혼식에는 반드시 증인이 두 명 이상 있어야 하고, 결혼식이 끝나면 결혼증명서에 사인하는데, 이것이 혼인신고다.

데비 부부는 시청 결혼식을 택했다. 근처에 사는 프랑스 친구 부부가 그들의 결혼식 증인이 되어주었다. 단정하게 생긴 여자 시장의 주례사를 끝으로 결혼식이 끝나고 부부는 결혼증명서에 사인했다.

결혼식이 끝나자 신나는 다시 백파이프 연주가 이어졌다. 저절로 분위기가 고조되었다. 흥겨운 분위기 속에서 사람들은 신랑 신부와 기념촬영을 했다. 각자 준비해간 카메라로 사진을 찍으며 축하의 말을 건네는 소박한 분위기였다.

그녀의 결혼식은 프로방스에서 스코틀랜드를 만난 느낌이었다. 스코틀랜드 남자들은 결혼식이 있을 때마다 남자용 치마인 킬트를 입는 게 전통이라더니, 작은 시골 마을이 체크무늬 치마를 입은 남자들로 바글거렸다. 가문에 따라 색과 무늬가 다른 체크무늬 치마의 물결이 장관이었다.

결혼식 피로연이 열리는 그녀의 집으로 갔다. 피로연 분위기는 자유롭고 흥겨웠다. 결혼식이 끝나고 갈비탕 한 그릇 서둘러 먹고 나오는 우리나라와는 전혀 다른 분위기다. 신랑 신부도 결혼을 몇 번쯤 해본 사람처럼 여유롭고 편안해 보였다.

하객들도 모두 즐거운 얼굴이었다. 구면인 남편 회사 동료들과의 대화도 즐거웠다. 미국인 이혼녀인 낸시는 우리에게 새로 사귄 연하의 프랑스 남자친구를 수줍게 소개했다. 잘생긴

📷 데비 부부의 피로연

프랑스 사람들의 '진짜 결혼식'은
피로연에서 만날 수 있다

남친 자랑에 여념이 없는 그녀가 새삼 친근하게 느껴졌다.

피로연 분위기에 휩쓸린 나는 한 잔 두 잔, 샴페인과 와인에 젖어들었다. 달콤한 알코올 덕분에 처음 만나는 스코틀랜드 사람들과 주절주절 수다도 떨었다.

피로연이 한창일 무렵, 남편의 회사 동료인 올리비에가 가족과 함께 도착했다. 대학병원 간호사인 아내 안느가 일을 마치고 오느라고 늦었단다. 카메룬 출신 프랑스인인 안느는 둘째를 임신 중이었고, 큰아이를 안고 있는 올리비에는 한눈에도 애처가로 보였다. 그들도 동거 커플이었다.

올리비에 부부와의 첫 만남은 짧았다. 이미, 피로연 분위기와 달콤한 와인에 잔뜩 취한 나는 피곤한 몸을 가눌 수 없었다. 양해를 구하고 피로연장을 떠나야 했다. 왜 그랬는지 모르겠다. 핑계를 대라면 데비의 결혼을 축하해주고 싶은 마음이 넘쳐서 그랬던 것 같다.

하여간 과음 때문에 데비의 결혼식 피로연을 끝까지 지켜보지 못했다.

8월에 만나는 전통 결혼식

그리고 1년 2개월 후, 우리 부부는 올리비에의 결혼식에 초대받았다. 가톨릭 신자인 올리비에 부부는 마르세유 시내의 성당에서 결혼식을 올린다. 결혼식은 오후 2시. 8월의 뜨거운 프로방스 햇볕이 극성을 부리는 시각이다.

우리는 결혼 미사가 열리는 성당에 자리를 잡고 앉았다. 에어컨 시설이 없는 성당은 가만히 앉아 있어도 땀이 줄줄 흘러내렸다. 결혼식은 우리처럼 신랑 입장부터 시작하는데, 특이하게도 신랑이 어머니의 손을 붙잡고 식장으로 들어섰다.

"프랑스에서는 신랑이 어머니와 함께 결혼식장에 들어가는 게 전통이에요."

옆에 앉은 남편 회사 동료 실비가 얼른 프랑스 결혼 풍습을 알려주었다. 잘 키운 아들을 며느리에게 보내주는 신랑 어머니의 표정이 흐뭇해 보였다. 잠시, 나도 프랑스 식으로 아들을 데리고 결혼식장에 들어서면 어떨까 생각해본다. 아마 올가미 시어머니라는 소리를 듣겠지.

신부는 우리처럼 아버지와 함께 입장한다. 아버지가 안 계신 안느는 남동생과 함께 예쁜 들러리들에게 둘러싸여 성당 안으로 들어섰다. 혼인 미사는 한 시간 넘게 계속되었다. 더운 날씨와 시끄러운 성당 분위기 때문에 결혼식을 지켜보는 게 쉽지 않다. 친절한 실비가 중간 중간 미사의 진행 상태를 알려주고 프랑스 결혼식 풍습과 전통을 이야기해주었다. 프랑스 사람인 실비 역시 영국인 남편과 결혼한 국제 커플이다.

드디어 혼인 미사가 끝났다. 주례를 맡은 신부님이 하객들에게 신랑 신부를 맞이하러 성당 밖으로 나가라는 신호를 보냈다. 성당 밖으로 나오던 우리는 카메룬 전통의상을 입은 신부의 이모·고모 들과 마주쳤다. 그들은 성당 앞을 지키고 서 있다가 신랑 신부가 나오는 것과 동시에 쌀을 뿌리며 축하 노래를 부르고 춤을 추었다. 쌀을 뿌리는 건 다산과 다복을 비는 마음 이란다.

마구 뿌리는 쌀이 살짝 아깝다고 생각할 무렵, 비둘기들이 날아들었다. 일용할 양식을 구한 비둘기들도 구구구 노래하며 올리비에 부부의 결혼식을 축하했다.

올리비에의 결혼식은 프랑스와 카메룬의 문화가 만난 현장이었다. 신부의 친척들은 카메룬의 전통문화를 아낌없이 보여주었다. 신랑과 신부를 둘러싸고 벌어지는 축하의 노래와 춤이 끝날 줄 모르고 계속되었다.

뜨거운 프로방스 햇볕을 견디며 노래와 춤을 지켜보던 우리는 포기선언을 하고, 피로연장으로 향했다.

진짜 결혼식은 피로연에서부터

올리비에의 결혼식 피로연이 열린 곳은 남프랑스 전통가옥 마스. 이곳에서 간단하게 음료수와 칵테일을 마시며 기념촬영을 하고, 이런저런 이야기를 나누며 1차 피로연 시간을 가졌다. 파스티스나 마티니, 펀치 같은 식전주를 홀짝이며 안주처럼 나오는 음식들을 먹다 보니 어느새 배가 부르다.

그 사이, 신랑 신부의 사진촬영이 계속되고 있다. 가족과 친구, 직장동료 들과 이런저런 이유로 그룹을 만들어 사진을 찍는다. 벌써 세 시간째 신랑 신부는 아무것도 먹지 않고 기념사진을 찍고 있다. 체력도 대단하다.

저녁 9시. 본격적인 피로연이 시작되었다. 신랑과 신부가 음악과 함께 춤을 추며 등장하고, 하객들은 그들을 박수로 맞이했다. 신랑과 신부의 가족은 어느새 무도회 복장으로 갈아입었다. 오늘 밤을 원 없이 즐기겠다는 각오가 대단해 보였다.

프랑스 결혼식의 하이라이트는 피로연이다. 결혼식은 간단하지만 피로연을 제대로 즐기면서 신혼부부를 축하해주려면 엄청난 인내가 필요하다. 특히, 빠른 스피드를 자랑하는 결혼 풍습에 익숙한 우리나라 사람들에게 프랑스의 피로연은 낯설고 신기한 만큼 적응하기도 쉽지 않다.

친절한 실비가 메뉴를 보면서 피로연을 설명해주었다. 오늘 메뉴는 일곱 가지 코스. 앙트레로 나오는 생선요리를 먹고 나면 신랑 신부와 함께 춤을 추는 시간이 있을 거란다.

첫 번째 앙트레 요리가 나온 건 9시 30분. 치즈 소스에 버무린 해산물 파이요리를 받아 들자 살짝 한숨이 나왔다. 먹는 양이 적은 나는 아까 먹은 안주들 때문에 벌써 배가 불렀다. 아까운 음식을 반 이상 남기며 두 번째 앙트레까지 먹고 나니 포만감이 너무 심해 견딜 수가 없다.

그때, 갑자기 신나는 음악이 흘러나왔다. 신랑 신부의 웨딩댄스 타임이다. 하객들의 환호성과 함께 올리비에 부부의 댄스 페스티발이 이어졌다. 세상에. 10분 넘게 계속되는 신랑 신부의 춤은 웬만한 댄스 팀 못지않다. 프랑스에서 결혼하려면 체력도 좋아야 하지만 춤도 잘 춰야 할 것 같다.

신랑 신부의 춤이 끝나고, 다함께 춤추는 시간이다. 춤에 익숙하지 못한 우리는 정원으로 나와 산책을 즐겼다. 아이를 데리고 밖으로 나온 실비도 살짝 지친 분위기다. 지금 시각은 11시. 이대로 가다가는 12시 이전에 피로연이 끝날 것 같지 않다.

실비에게 조언을 구했다. 배가 부르면 음식을 거절해도 되느냐, 피로연 중간에 집에 가도 되느냐고. 이런 무례한 질문에 그녀는 괜찮다며 웃었다.

"나도 사촌의 결혼식에 갔다가 너무 피곤해서 중간에 나온 적이 있는걸요."

메인 요리가 나온 시각은 12시. 나는 음식을 정중하게 거절했고, 우리는 메인 요리가 끝나자 데비 부부와 함께 일어섰다. 웨딩케이크를 자르는 행사를 지켜보지 못한 것이 미안하지만 어쩔 수 없었다. 이런 진도로 나가다가 웨딩케이크는 새벽 2시가 넘어서야 나올 것 같으니까.

결국, 이번에도 나는 결혼식 피로연을 끝까지 지켜보지 못했다. 영화에서 본, 멋있고 화려한 피로연이 눈앞에 펼쳐졌지만 체력이 감당하지 못했다.

집으로 돌아오는 길,
피로연 비용 때문에 쉽게 결혼할 수가 없다는
내 친구 도린의 이야기가 자꾸 귓가를 맴돈다.

지중해는 오늘도 푸르다

Provence Letter #14

프로방스로 오기 전, 내게 지중해는 상상 속에서나 만나는 곳이었다. 지중해에서 수영을 한다는 건 언감생심 꿈도 꾸지 못했다. 비키니를 입은 늘씬 쭉쭉 빵빵한 예쁜 여자와 근육질 몸매를 자랑하는 근육남에게만 허락된 장소라고 생각했다. 프로방스에 온 뒤에도 여전히 지중해에서 수영할 엄두를 못 냈다. 지중해, 그곳은 멀고 먼 이상향 같은 곳이었으니까.

'내게는 너무 멀었던' 바다

지금 나는 지중해로 수영하러 갈 준비를 하고 있다. 프로방스살이를 시작한 지 3년 만이다. 이곳에 살면서 지중해에 대해 가졌던 환상과 편견을 완전히 극복하고, 지중해도 별거 아니구나, 하는 자신감이 생겼기 때문이다. 이런 나와 달리 남편은 아직도 지중해를 '내게는 너무 먼 당신'처럼 어려워하고 있다. 수영가방을 챙기는 내 옆에서 말이 많다.

"정말로 지중해로 수영 갈 생각이야?"
"그렇다니까. 빨리 준비하지 않고 뭐해요?"
"용감해도 너무 용감한 거 아니야? 그 몸매에 비키니 입고 지중해에서 수영한다고? 사람들이 우리를 보고 뭐라고 하겠어?"
"뭐라고 하긴 재미나게 잘 논다고 하겠지. 그리고 여기 사람들, 다른 사람들한테는 관심도 없거든요. 또 보면 어때? 지들이 천년만년 우리를 기억할 거야? 한 번 보고 말 사람들인데 뭘 그렇게 신경 써요?"

말은 이렇게 했지만 지중해로 수영하러 가겠다고 나서기까지 나도 갈등이 많았다. 그래서 그동안 칸과 니스 같은 지중해 도시를 여행할 때마다 해변에서 수영을 즐기는 사람들을 눈여겨 보곤 했다.
물론 영화에서처럼 늘씬하고 예쁜 여자들이 많았다. 기가 죽었다. 그런데 그녀들 못지않게 울퉁불퉁 뚱뚱하고 거대한 몸매도 많았다. 뚱뚱한 할머니는 더 많았다. 그들은 자신 있게 지중해를 누비며 수영하고, 여유롭게 선탠을 즐기고 있었다.
그들은 남의 시선을 전혀 의식하지 않았다. 다른 사람들도 마찬가지였다. 옆 사람이 밥을 먹거나, 담배를 피우거나, 하다못해 금발 미녀가 가슴을 다 드러내고 일광욕을 해도 흘끔거리지 않았다.

　　오늘 우리가 수영하러 가는 곳은 푸른 바닷물이 넘실
거리는 지중해 마을 카로. 우리 집에서 자동차로 30분만 달려
가면 만날 수 있는 곳이다. 이 마을 해수욕장에는 드넓은 백사
장이 펼쳐져 있고, 물도 깊지 않아 온 가족이 해수욕을 즐기기
에 더없이 좋은 곳이다.

"어디다 자리를 잡을까? 바다랑 가까운 곳이 좋겠지?"

📷 늘 꿈꾸었지만 내게는 너무나 멀게 느껴졌던 지중해

낭만과 자유가 싱그러운 파도처럼
출렁이는 곳이다

해수욕장은 아침부터 모여든 사람들로 북적거렸다. 분위기도 자유롭다. 파라솔 밑에서 한가롭게 책을 읽는 사람, 커다란 타월을 깔고 누워 선탠하는 여자, 아이들과 샌드위치를 먹고 있는 가족, 신이 나 모래성을 쌓는 아이들, 그런 아이들을 바라보는 젊은 부부, 부서져라 끌어안고 키스하는 커플…….

우리는 바다가 가장 잘 보이는 곳에 자리를 잡고 앉았다. 파라솔도 없이 돗자리를 깔고 앉아 선크림을 바르기 시작했다. 햇살이 뜨거운 지중해에서 선크림은 필수. 온몸 구석구석 꼼꼼하게 선크림을 바르며 슬쩍슬쩍 주위를 둘러보았다. 다행히 뚱뚱한 아줌마와 할머니 들이 많이 보였다. 날씬한 금발 미녀가 가슴을 드러낸 채 바닷물로 뛰어드는 모습도 보였다.

"들어갈까?"

조심조심 지중해를 향해 발길을 옮겼다. 눈부시게 파란 하늘과 투명하게 맑은 지중해가 우리를 감싸 안았다. 온 몸을 지중해에 담그고 나니 왠지 모를 뿌듯함이 밀려들었다. 지중해라고 별 것도 아닌데. 동해 바다보다 물이 따뜻한 것 빼고는 바닷물이 다 거기서 거기인데 왜 이렇게 기분이 좋은지 모르겠다. 한참을 지중해에 빠져 신나게 놀고 나니 배가 고프다. 준비해온 피크닉 가방을 열고, 바게트 샌드위치와 캔 맥주를 꺼냈다. 우리처럼 샌드위치를 먹고 있는 가족도 많이 보였다. 가볍게 점심을 먹고 후식으로 준비해온 견과류와 커피까지 마신 우리는 벌러덩 누워 나른한 표정으로 하늘을 바라보았다.

뜨거운 햇살이 우수수수 떨어졌다.

"이대로 한숨 잘까 보다."

말이 떨어지기 무섭게 노곤한 낮잠 속으로 빠져들었다. 규칙적인 파도소리가 자장가처럼 들리고, 모래 장난을 하며 까르르 웃는 아이들 소리가 점점 멀어져 갔다. 한숨 늘어지게 낮잠을 자고 일어나니 온 몸이 노릇노릇하게 구워졌다. 선크림을 발랐어도 소용이 없었다. 수영복을 입은 자리만 하얗게 남았다. 이래서 여자들이 가슴을 드러낸 채 선탠을 즐기나 보다.

주섬주섬 짐을 정리해놓고, 공짜 샤워장으로 갔다. 자연보호를 위해 비누를 사용하지 않고, 소금기만 씻어내는 샤워 부스다. 샤워 부스 옆에는 깨끗한 공중화장실도 있다. 화장실 인심이 야박한 프랑스에서 별일도 다 보겠다.

지중해, 누구나 행복해지는 곳

"여기 화장실, 공짜 맞아?"

"응. 저쪽에 탈의실도 있고, 샤워장도 따로 있더라. 돈은 안 받는 것 같아."

"우와, 대박이다!"

갑자기 원색의 비치파라솔이 줄줄이 늘어선 해운대 해수욕장이 떠올랐다. 해수욕을 즐기려면 돈을 내고 파라솔을 이용해야 하고, 개인 파라솔은 치지도 못하게 한다는 그곳이 아프게 다가왔다. 우리나라 해수욕장 가운데 공짜 샤워장이 있는 곳은 또 얼마나 될까? 자동차 기름 값, 아니 버스비만 있으면 누구나 지중해에서 수영을 즐길 수 있는 이곳의 현실이 정말 부럽다.

지중해는 평등한 바다다. 남녀노소는 물론이고 국경을 초월하는 곳이다. 부자건 가난하건 누구에게나 활짝 열려 있는 공간이다. 럭셔리한 호텔 비치 옆에 있는 허름한 해수욕장에서 수영을 해도 전혀 기죽지 않고, 당당하게 즐길 수 있는 바다가 바로 지중해다.

간단하게 샤워를 마친 우리는 바닷가 산책에 나섰다.
백사장을 한없이 걷다가 바닷가 절벽으로 올라가
저 멀리 수평선을 바라보았다.
넘실거리는 쪽빛 바다가 오늘따라 더 건강해 보인다.

내가 만약 그녀였다면
Provence Letter #15

오랜만에 영국 친구 제니를 만났다. 간호사인 그녀는 나를 만날 때마다 병원일이 힘들다고, 프랑스 사람들 텃세 때문에 피곤하다며 징징댔는데 오늘은 입가에 웃음이 가득하다.

"방상이 사하라사막 한가운데에서 내게 청혼했어. 석양으로 물든 사막에서 받은 청혼은 평생 잊지 못할 거야."

그녀의 결혼 소식에 흥분한 나는 그녀를 끌어안고 한바탕 난리를 쳤다. 스무 살이나 어린 친구를 사귀다 보니 내 정신 연령도 천방지축 어려진 것 같다. 그녀가 동거하던 프랑스 남자친구와 부부의 결실을 맺게 되었으니 축배라도 들고 싶은 마음이다.

사랑하니까 우리 동거할까

프랑스를 비롯한 서구사회에는 동거 커플이 많다. 10대 후반에서 노인층까지 동거 커플의 연령도 다양하다.

내 주변에는 제니처럼 프랑스 남자와 사랑에 빠져 프로방스로 온 외국인도 많다. 국제적인 동거 커플인 셈인데, 미국인인 마리아는 잘생긴 프로방스 청년을 따라왔다가 1년 만에 동거를 끝내고 미국으로 돌아갔고, 콜롬비아 처녀 조앤느도 프랑스 남자친구와 프로방스에서 둥지를 틀었다가 4년 만에 헤어지고 제 나라로 돌아갔다. 친한 친구인 도린도 취업 스트레스 때문에 같이 사는 남자친구와 헤어지고 독일로 돌아갈까 하는 심각한 고민에 빠지기도 했다.

이렇게 부침이 심한 것이 동거 커플이다.

조앤느와 그녀의 남자친구는 내가 처음으로 만난 동거 커플이었다. 대학 부설 어학원에서 프랑스어를 배우던 시절, 조앤느와 나는 같은 반에서 공부했다. 바람이 불면 날아갈 것처럼 가녀린 몸매에 눈이 초롱초롱한 그녀는 키가 크고 잘생긴 남자친구와 늘 붙어 다녔다.

그들은 콜롬비아 보고타대학에서 처음 만났다. 스페인어를 전공한 그녀의 남자친구가 막 대학에 입학한 그녀의 담당 조교였단다. 그들은 첫눈에 불같은 사랑에 빠졌지만 남자친구가 곧 프랑스로 돌아가야 하는 운명이었다. 사랑을 놓칠 수 없었던 그녀는 결국 가족을 떠나 남자친구를 따라 프로방스에 온 것이다.

그녀의 나이 열여덟 살 때였다.

그녀는 프로방스 시골 마을에 있는 남자친구의 집에서 그의 가족과 함께 살았다. 사는 이야기를 들어보니 거의 결혼한 며느리 같았다. 금슬은 또 얼마나 좋은지, 그들의 닭살 애정행각도 유명했다.

어느 날, 나는 남자친구와 애절하게 키스를 하고 돌아서는 그녀와 마주쳤고, 얼떨결에 주책 같은 질문을 던졌다. 어린 그녀가 딸처럼 여겨져서였다.

"조앤느, 남자친구랑 결혼할 거니?"

"잘 모르겠어."

그녀의 입에서 단 1초의 망설임도 없이 모른다는 대답이 튀어나왔다. 맞는 말인지 모른다. 그녀의 대답처럼 우리 인생은 모르는 것투성이고, 정답도 없다. 우리 인생이 어디로 어떻게 흘러갈지 아무도 모른다.

결국 그녀는 남자친구와 4년간 동거하다가 헤어진 후 콜롬비아로 돌아갔다.

그녀의 결혼을 축하하며

결혼해야 남녀가 함께 살 수 있고, 결혼한 남자와 가능한 한평생을 살아야 하는 것을 진리처럼 여기던 시대를 살았던 내게 동거는 신선한 충격이었다.

동거 커플은 사랑에 살고 사랑에 죽는다. 자신의 감정에 솔직한 그들은 사랑하니까 함께 살고, 사랑하지 않으면 헤어진다. 사랑하지 않는데 감정을 속이면서, 사랑하는 척하면서 사는 것은 죄악이라고 생각한다. 태양처럼 뜨거웠던 사랑도 식으면 가차 없이 폐기처분하는 것이다.

그런데 사랑이라는 감정이 그렇게 똑 떨어지는 걸까? 언제나 선명하기만 할까? 세상 그 어느 부부가, 어느 연인이 처음처럼 매일매일 뜨겁게 사랑하면서 살 수 있을까?

"만약에 방상이랑 살다가 사랑이 식으면 어떡할래?"

"그게 무슨 말이야, 사랑이 식다니? 절대로 그럴 일 없어. 물론 싸울 때는 밉기도 하지만, 사랑하는 마음은 변함없을 거야."

그럴 것이다. 아니 그래야지. 벌써 5년째 같이 살고 있는 제니 커플은 앞으로 결혼해서도 행복하게 그 누구보다 더 잘살 것이다. 그녀와 방상은 정말 이 사람이 내게 맞구나, 이 사람과는 평생을 함께해도 후회하지 않겠구나, 하는 확신에 찬 이상적인 커플이니까. 조만간 그녀를 초대해 결혼을 축하하는 자리를 마련해야 할 것 같다. 신나는 '처녀파티'를 벌여도 좋고.

가 을   편 지

아 름 다 운
사 람 들 과
함 께 하 는

이야기를 따라 걷는 골목길
Provence Letter #16

건조하고 차가운 미스트랄 바람이 날카롭게 불던 목요일 오전, 콜롱비에 씨가 주관하는 '엑상프로방스의 첫걸음' 행사에 참가했다. 참가 인원은 모두 여덟 명. 거의가 엑상프로방스로 막 이사 온 새내기 주민들이다. 엑상프로방스 주민 4년차에 접어든 나는 모임에서 알게 된 그의 꼬임에 넘어가 이 행사에 참가하게 되었다.

"진짜는 골목 안에 있습니다"

엑상프로방스에서 나고 자란 그는 청산유수 같은 말솜씨로 엑상프로방스를 소개하기 시작했다. 옷 속으로 파고드는 바람을 피하느라 몸을 잔뜩 웅크린 채 옹색해진 걸음으로 그를 따라나섰지만 엑상프로방스 탐방 길은 의외의 재미와 소소한 정보 들로 가득했다.

"엑상프로방스도 18세기까지는 아비뇽처럼 성곽으로 둘러싸인 도시였답니다."

콜롬비에 씨의 엑상프로방스 탐방은 역사 이야기로 시작되었다. 지금은 허물어져 사라진 엑상프로방스의 성곽을 언급하며 짧고 강렬하게 엑상프로방스의 역사를 알려주었다. 이야기를 듣는 내 얼굴이 부끄럽게 달아올랐다. 4년이나 살았는데, 엑상프로방스에 관해 아는 것이 거의 없었다. 그동안 너무 건성건성 살았나 보다.

그때부터 나는 모범생처럼 그의 뒤를 졸졸 따라가며 열심히 설명을 들었다.

사실, 오늘 엑상프로방스 탐방 루트는 우리 집 근처고 내가 매일매일 다니는 길이다. 내가 잘 아는 길이고, 가장 좋아하는 길이기도 하다. 그런데 그의 설명을 듣다 보니 나는 그동안 길의 겉모습만 알고 있었던 것 같다.

"저기, 알자스 음식 전문점이 보이죠? 저기서 파는 슈쿠르트는 정말 맛있답니다. 본고장 맛 그대로예요. 이 오래된 카페에서는 커피만 마시는 게 아니라 값싸고 맛있는 프로방스 음식도 맛볼 수 있어요. 참고로 프로방스의 아이올리 요리는 매주 금요일에 하는데요, 아주 맛있답니다.

생 소뵈르 대성당에는 세 가지 유물이 있으니 주의 깊게 보시고요. 성당 맞은편에 있는 엑상프로방스 법과대학과 세잔대학 보이죠? 세잔대학은 지금은 어학원이 되었지만 유명한 문과

대학이었답니다. 그래서 매년 봄, 남프랑스 지방 출신 작가들을 초청해서 문학토론을 벌이는 행사가 열리고 있지요.

자, 지금 보시는 이곳이 아르슈베세 광장입니다. 카펫 박물관이 있는 이 광장은 잘 알겠지만 그 뒤로 이어지는 골목길은 모를 거예요. 그 골목길로 들어서면 최고 품질을 자랑하는 차와 초콜릿을 살 수 있는 부티크를 찾을 수 있고요. 골목길을 벗어나면 각종 문화정보를 알려주고 문화행사 프로그램을 공짜로 나누어주는 사무실을 만날 수 있어요. 그 사무실 앞에 있는 샤토는 한때 루이 14세가 체류했던 곳이기도 하지요. 여기는 엑상프로방스에서 가장 유명한 마카롱 가게랍니다.

여러분, 아몬드로 만든 과자 칼리송, 아시죠? 엑상프로방스의 상징이기도 하잖아요. 가장 맛있는 칼리송을 만드는 가게는 이탈리아 거리에 있어요. 이탈리아 거리는 이번 토요일에 하는 엑상프로방스 탐방행사 때 갈 거니까 그때 자세하게 소개해 드릴게요."

줄줄 계속되는 그의 소개를 들으며 따라가는 산책길은 평소와 너무나 달랐다. 마치 '꽃이 내게로 와서 의미가 된 것'처럼 그동안 모르고 지나쳤던 거리와 그 거리에 존재하는 것들의 의미를 알게 되자 갑자기 그것들이 생생하게 살아 있는 것처럼 느껴졌다.

그가 전해주는 문화정보도 훌륭하지만 생활정보는 금상첨화였다. 그는 우리를 데리고 골목길을 거닐며 엑상프로 방스에서 가장 유명한 정육점, 빵집, 반찬가게 같은 전문 상점을 알려주었다. 커피를 볶아 파는 커피 전문 카페를 소개해주고, 그리스 음식을 맛볼 수 있는 식당, 전통 방식으로 제조한 치즈를 파는 가게도 알려주었다.

솔직히 프랑스 음식에 공감하지 못하는 나는 그가 전해주는 정보를 반신반의하는 심정으로 들었다. 그런데 정보를 듣는 프랑스 여성들의 표정은 감동의 물결이었다. 대부분 엑상프로 방스로 이사 온 지 얼마 안 되는 그녀들은 피가 되고 살이 되는 생활정보를 얻어듣고 아주 신이 났다.

"아침 시장에 가면 작은 테이블에 계란 바구니랑 허브를 놓고 앉아 책을 읽고 있는 할머니를 볼 수 있어요. 장사하는 일은 관심도 없고, 책만 읽고 있는 모습이 재미있기도 하고 신기하기도 하답니다."

매일 오전에 시장이 열리는 리쉐름 광장에 도착하기 전, 그는 우리에게 책 읽는 할머니를 소개했다. 시장으로 들어서자 단정한 모습으로 앉아 책을 읽는 할머니가 보였다. 정말로 그녀는 장사하려고 내놓은 계란 바구니와 허브에는 관심도 없다는 듯 독서 삼매경에 빠져 있었다. 물론 그녀는 바라보는 우리에게도 눈길 한 번 주지 않았다.

참 이상했다. 분명히 이곳으로 장을 보러 다녔는데 왜 나는 그녀 같은 유명인의 존재를 몰랐을까? 그녀가 시장에서 유명하다는데 나는 정말 내가 살고 있는 도시에 무심했던 것 같다.

그의 탐방 길은 구석구석 자세했다. 그와 함께 엑상프로방스를 걷다 보니 내가 모르던 엑상프로방스의 모습이 하나둘씩 친근하게 다가왔다.

매일매일 다니던 길 위에 이렇게 재미나고 다양한 이야기가 살아 있었다니. 지금이라도 알게 된 것을 다행으로 여겨야 할지, 아니면 진작 알지 못한 것을 슬퍼해야 할지 모르겠다.

산다는 건 비빔밥처럼

Provence Letter #17

쟈크네 가족을 만났다. 쟈크 부부는 그대로인데 오랜만에 만난 아이들이 대나무처럼 쑥쑥 자랐다. 고등학생이 된 딸 록산느는 어여쁜 처녀가 다 되었고, 중학생인 시릴은 눈이 번쩍 뜨일 정도로 멋진 청년이 되었다. 아무리 뜯어봐도 4년 전, 주근깨가 가득했던 열한 살, 열두 살 꼬마의 모습을 찾을 수 없었다. 아이들을 키우고 우리를 주름지게 한 세월이 무상할 뿐이다.

쟈크의 지극한 한국사랑

그의 가족을 처음 만난 것은 4년 전. 그때 우리는 석회암 바위로 둘러싸인 지중해의 작은 만, 칼랑크로 가족 소풍을 갔다. 쟈크네 가족의 첫인상은 선하고 건강했다. 마당발 쟈크는 친절하고 사교적이었고, 그의 아내 세실은 깡마른 몸매에 예쁘고 선한 얼굴이던 남매는 착하고 예의바르면서도 개구쟁이 같은 인상을 주는 귀염둥이들이었다.

당시, 그의 가족과 나, 내 남편은 똑같이 한국을 그리워하는 향수병에 시달리고 있었다. 우리는 한국을 떠난 지 6개월 되는 시점이었고, 그의 가족 역시 1년 동안 한국 생활을 마치고 귀국한 지 6개월이 지났을 때였다.
"정말 아내를 위해 휴직을 하고 한국에 가신 거예요?"
나는 남편이 아내를 위해 휴직했다는 사실이 신기해서 같은 질문을 두 번이나 반복했다.
"꼭 아내뿐만 아니라 저와 우리 가족 모두를 위한 선택이었죠. 가족인데 같이 살아야죠. 헤어져서 살 수는 없죠."

그는 아내가 한국으로 발령받자 과감하게 회사를 휴직하고 아이들과 함께 한국행 비행기를 탔다. 한국에서 그는 일하는 아내를 대신해 살림을 하고 아이들을 돌보면서 주말마다, 휴가 때마다 한국의 산과 강을 찾아다녔다. 전업주부가 되어, 한국 아줌마들과 어울려 한국 요리를 배우기도 했단다. 1년 동안 그의 가족은 한국의 매력에 푹 빠져들었고, 한국을 진정으로 사랑하게 되었다.
"한국에 살면서 가장 좋았던 게 뭐예요?"
뜬금없는 질문에 쟈크네 가족이 이구동성으로 '한국사람'이라고 대답했다. 사람이 좋았다니? 참 듣기 좋은 말이었다. 그

들은 한국의 '빨리빨리 문화'를 좋아했고, 한국 제품의 우수성
도 잘 알고 있었다. 또 집 안에서 신발을 벗는 한국인들의 깔끔
한 습관도 좋아했다. 그래서 프로방스로 돌아온 뒤, 집 안에서
신발을 벗는 습관을 실천하고 있다.

그와 그의 가족에게 한국살이는 소중한 추억으로 남았고, 우
리는 그 기억의 연장선에 있었다.

이날 우리는 한국을 그리며
칼랑크에서 소풍을 즐겼다

밥이 익어가는 동안

"7월에 놀러 왔으면 그전처럼 수영도 같이 할 수 있었을 텐데, 정말 아쉬워요."

식전주를 마시던 세실이 우리 약속이 오늘로 미루어진 것을 아쉬워했다. 순간, 3년 전 여름의 기억이 떠올랐다. 쟈크네 집 수영장에서 일광욕을 즐기며 바라보던 석양의 추억, 가슴이 벅차도록 행복했던 순간이었다.

무엇보다 우리 또래의 맞벌이 부부가 이렇게 좋은 집에서 낭만과 여유를 마음껏 누리며 살 수 있다는 사실이 부러웠다.

프로방스에는 쟈크네처럼 넓은 정원에 수영장까지 있는 집이 많다. 그래서 큰 부자가 아니라도 웬만한 중산층은 이런 집을 소유할 수 있다. 이렇게 번듯한 집을 가진 쟈크는 노후 걱정도 별로 없을 것이다. 자녀교육비도 많이 들지 않고, 은퇴 후에는 연금도 충분하게 받을 수 있으니까.

"와! 이렇게 많은 걸 준비해왔어요?"

나는 쟈크네 가족을 만날 때마다 친정엄마처럼 우리나라 음식을 준비한다. 한국 음식을 그리워하는 그들의 갈증을 풀어주고 싶기 때문이다. 그동안 그들은 내가 만든 불고기와 김밥, 전과 김치를 맛있게 먹으며 즐거워했다. 오늘은 비빔밥이 먹고 싶다는 세실을 위해 특선 비빔밥을 준비했다.

어제 삶아 두었던 고사리·취나물·토란대를 맛있게 볶고, 가지·당근·호박과 고기까지 달달 볶아 비빔밥 재료를 만들었다. 깨끗하게 씻은 쌀은 압력밥솥에 담아 왔고, 고추장 소스와 구운 김, 참기름, 계란까지 준비해왔다. 즉석에서 밥을 하고 큰 그릇에 밥과 나물을 담는 동안 세실과 록산느의 질문이 이어졌다. 나물들은 어디서 살 수 있느냐, 요리법은 복잡하지 않느냐, 참기름이랑 고추장은 이곳에서 살 수 있느냐…….

세실이 아보카도 자몽 샐러드를 준비하는 동안 쟈크는 호박죽을 그릇에 담아냈다. 직접 만들었다는 호박죽 맛이 아주 좋다.

이 집 주부는 아내가 아닌 남편이라더니 정말 그런가 보다.

인연도 그렇게 어우러지기를

드디어 식사시간. 우리는 비빔밥에 고추장을 얼마나 넣는 것이 좋은지, 또 밥은 어떻게 비비는 것이 좋은지를 설명해주고 맛있게 비빔밥을 먹기 시작했다. 내가 만들었지만 비빔밥 맛이 정말 좋았다. 속으로 자화자찬하면서 주위를 둘러보는데, 상황이 이상했다.

쟈크네 가족이 비빔밥을 앞에 놓고 땀을 뻘뻘 흘리고 있었다. 고추장을 밥과 비비는 것부터 힘들어 했다. 내 옆에 앉은 록산느는 고추장이 덜 비벼진 부분을 먹고도 매워 죽겠다며 물을 벌컥벌컥 마셨다. 그리고 슬슬 우리 눈치를 보기 시작했다. 애써서 준비해온 음식을 안 먹을 수도 없고, 먹자니 괴로운 것 같아 보였다. 그들의 상황을 이해하면서도 살짝 서운해졌다. 차라리 무난한 불고기나 갈비찜을 해줄 걸……. 그랬으면 요리하기도 쉽고 편했을 텐데.

그래도 비빔밥이 먹고 싶었다던 세실은 맛있게 한 그릇을 다비웠다.

힘들게 준비한 비빔밥 앞에서 쩔쩔매는 쟈크네 가족에게 잠시 서운했지만 남편을 생각하면서 참기로 했다. 그들처럼 내 남편 역시 프랑스 음식에 적응하지 못하고 있으니까. 적응하지 못하는 정도가 아니라 프랑스 음식이 싫다고, 맛이 없다고 투

가을볕에 물든 포도나무들처럼
우리 삶도 그처럼 익어간다

덜거릴 때가 많으니까. 하긴 나도 그 비싸다는 푸아그라를 한
번은 맛있게 먹었지만 두 번은 먹고 싶지 않았다. 결국 음식은
문화의 차이, 생활 습성의 차이인 것 같다.

저녁을 먹은 우리는 디저트와 차를 마시며 즐거운 대화를 계
속했다. 프로방스의 가을밤과 함께 우정이 깊어지는 소리가
들린다.

파트리샤가 이사한 까닭은

Provence Letter #18

1년 만에 파트리샤에게서 연락이 왔다. 럭셔리 브라질 주부인 그녀는 선옥 씨와 내가 잠깐 프랑스어를 배우던 학원에서 만난 친구. 평소에 우리나라를 좋아하던 그녀는 우리가 한국인이라는 것을 알고 반가워했고, 그날 이후 우리는 가끔 만나 차를 마시는 친구 사이가 되었다.

"너무 오랜만에 연락했지?"

"하도 연락이 없어서 네가 프로방스를 떠난 줄 알았어."

"미안. 그동안 일이 많았어. 브라질에도 몇 개월 가 있었고, 미국으로 장기휴가도 다녀왔고……. 그리고 이사하느라 바빴어."

마당 넓은 집이 좋다더니

"이사? 어디로 이사했는데?"

"엑상프로방스 근교에 있는 아파트야. 어디냐면……."

아파트로 이사했다고? 개구쟁이 두 아들을 키우는 그녀는 마당이 넓은 프로방스 메종 예찬론자였다. 만날 때마다 자기네 집 정원에서 바비큐파티를 하자며 은근히 집 자랑을 하던 그녀가 아파트로 이사했다니 무슨 일이 있었던 것 같다.

"갑자기 이사는 왜? 무슨 일 있었어?"

"말하려면 너무 길어. 하지만 분명한 건 다시는 메종에 살지 않을 거라는 거야. 우리 일단 만나자. 만나서 자세하게 이야기해줄게. 할 얘기가 너무너무 많아."

그녀를 만나러 가는 길, 궁금증은 최고조에 달했다. 다시는 메종에 살지 않겠다고 치를 떠는 걸 보니 집에 강도가 든 건 아닐까? 새삼 피터 메일처럼 프로방스의 메종에서 살고 싶었던 꿈을 포기한 게 다행이라는 생각이 들었다.

프로방스로 오면서, 나는 피터 메일이 쓴 책《나의 프로방스》를 읽고 작은 계획을 세웠다. 프랑스어를 배울 때까지는 편리한 도시에 살고, 말이 익숙해지면 프로방스 시골집으로 이사가서 순박한 프로방스 사람들과 정을 나누며 살겠다는, 야무진 꿈을 갖고 있었다.

그 꿈은 프로방스 곳곳에서 창궐하는 강도와 좀도둑 때문에 무참하게 깨졌다. 결정적으로 남편의 직장 동료인 스티브 집에 강도가 들었다는 소식을 듣고 꿈을 깨끗하게 포기했다. 건장한 영국인 집에도 강도가 드는데, 비실비실한 동양인 부부가 사는 프로방스 메종은 강도들의 표적이 될 게 분명할 테니까. 그런데 그녀가 이사한 이유는 그보다 더 황당했다.

이웃사촌도 이웃사촌 나름

"2년 동안 친하게 지냈던 옆집 부부한테 뒤통수를 맞았어. 세상 참 무섭더라. 어쩜 그렇게 친절하고 상냥하던 사람들이 도둑이었다니. 하루라도 빨리 그들을 피해 떠나고 싶어서 서둘러 이사한 거야."
그녀가 친하게 지내던 옆집 부부가 도둑이었다는 말을 듣는 순간 소름이 끼쳤다. 음산한 공포영화를 보는 기분이었다.
그녀가 살던 동네는 프로방스에서도 꽤 괜찮은 단독 주택가로 치안도 아주 좋은 구역이었다. 집집마다 수영장이 있고, 넓은 정원에는 올리브와 사이프러스나무, 형형색색의 꽃들이 계절마다 줄줄이 피는 곳이다. 그렇게 좋은 동네에 이상한 이웃이라니. 정말 영화 같은 일이었다.

"어느 날부터 물건들이 없어지는 거야. 내가 아끼던 명품 선글라스와 남편이 애지중지하던 명품시계는 물론이고 이것저것 값나가는 물건들이 사라졌어. 처음에는 어딘가에서 잃어버렸거나 집안 어느 구석에 박혀 있으려니 했어. 그러다가 우연히 길에서 만난 옆집 남자가 내 남편 거랑 똑같은 시계를 차고 있는 걸 보게 되었어."

그녀가 시계를 눈여겨보는 것을 눈치 챈 옆집 남자는 허둥대는 표정으로 가스 불을 안 끄고 나왔다며 자기 집으로 들어갔다고 한다. 이상한 생각이 든 그녀는 옆집 문을 두드렸고, 문을 연 옆집 남자의 손목에는 시계가 없었단다. 그의 집으로 들어선 그녀는 낯익은 물건을 몇 개 발견했지만 아무런 티도 내지 않고 집을 나와 은밀하게 뒷조사를 했단다.

그 결과, 옆집 부부가 그녀의 집을 몰래 드나들었다는 사실을 알게 되었다. 방법은 간단했다. 그녀의 집 열쇠를 비밀리에 복사했고, 그녀의 가족이 집을 비운 사이에 몰래 들어와 값나가는 물건들을 훔쳐 갔다는 것이다.

함부로 사람을 믿지 마라

"세상에! 그 사람들 말이야. 우리랑 같이 식사하고 가끔 선물도 주고받는 이웃이었거든. 그런데 그들이 그렇게 음흉한 줄 정말 몰랐어. 사람이 무서워지니까 더는 그곳에서 못 살겠더라."

"그래서 그냥 바보처럼 이사했어? 경찰에 신고도 안 하고?"

"그럴까 고민도 많이 했지. 그런데 여기는 우리나라가 아니잖아. 괜히 옆집 부부가 우리 물건을 훔쳐 갔다고 경찰에 신고해 봤자 일만 복잡해지고 우리만 힘들어질 것 같아서 서둘러 이사한 거야."

이런 것이 내 나라를 떠나 사는 어려움일 것이다. 아무리 살기 좋기로 소문난 프로방스라도 나쁜 사람은 있기 마련이다. 그녀의 구구절절한 사연을 듣자마자 선옥 씨와 나의 성토가 이어졌다. 특히 겉으로는 친절해도 배타적인 남프랑스 사람들이 도마 위에 올랐다.

프로방스로 이사 오기 전에 파리와 릴에 살았던 파트리샤는 프랑스 북쪽 사람들은 처음에는 냉정해 보여도 마음을 열면 더없이 좋은 친구가 되는데 남쪽 사람들은 처음부터 친절하게 다가오지만 절대로 마음의 문을 열지 않는다며 투덜거렸다.

짧은 경험이지만 나 역시 그런 느낌을 강하게 받았다. 마르세유나 엑상프로방스 출신인 내 이웃들만 봐도 그렇다. 밖에서 만나면 친절하게 인사를 나누지만 딱 거기까지다. 절대로 집 안에서 차 한잔하자는 말을 하지 않는다.

처음에는 내가 외국인이라 그런가 싶었는데, 가만히 보니 그네들끼리도 마찬가지였다. 어쩌면 내가 아파트에 살아 그런지도 모르겠지만, 겉만 따뜻하고 속은 차가운 남프랑스 사람들의 특성이 절로 느껴졌다.

다행인 건 프로방스는 남프랑스 사람들만 사는 땅이 아니라는 사실이다. 프랑스 전역은 물론이고 전 유럽에서 모여든 사람들로 북적이는 곳, 눈부신 태양의 땅이 프로방스니까.

브라보, 노년은 즐거워

Provence Letter #19

프로방스에서는 친구를 사귈 때, 국적은 물론이고 나이를 따지지 않는다. 내가 만나는 친구들의 나이도 열여덟 살부터 일흔세 살까지 다양하다. 내 아이보다 어려도, 친정엄마와 동갑이라도 프로방스에서는 모두 정겹게 이름을 부르는 친구가 된다. 나이는 숫자에 불과하다는 말을 몸소 실천하고 있는 셈이다.

오늘은 나보다 나이가 많은, 언니 같은 친구들과 모임이 있는 날이다. 말을 놓을 정도로 친한 친구부터 처음 만나는 사람들까지 멤버 구성이 다양하다. 장소는 엑상프로방스 근교, 푸보 마을에 있는 미헤일의 집. 오늘, 그녀의 집에서 프랑스 요리를 함께 만들어 먹고 와인을 마시기로 했다.

프랑스 언니들의 레시피

미헤일이 우리 일행을 반갑게 맞아주었다. 넓은 거실

에는 우리가 마실 커피도 미리 준비되어 있다. 우리 멤버는 모두 일곱 명. 프랑스와즈와 베로니크도 함께했다. 은퇴한 외교관인 프랑스와즈는 나의 프랑스어 대모다. 그녀는 일주일에 한 번씩 카페에서 커피를 마시며 엄마처럼 내 프랑스어를 조곤조곤 봐주고 있다. 문화와 예술을 어우르는 그녀의 지식에 기대어 내 프랑스어 실력도 일취월장하는 중이다.

요리 솜씨가 뛰어난 베로니크는 친정엄마와 동갑이다. 가끔 이런저런 모임에서 만나며 친분을 쌓던 어느 날, 그녀의 나이를 알게 되었다. 프랑스어에도 우리말처럼 존대어가 있다. 그녀의 나이를 알고 나니 저절로 존댓말이 나왔다.

"왜 갑자기 말을 높이는 거야?"

"너무 젊어 보여서 우리 엄마랑 동갑인 줄 몰랐어요. 한국에서는 이럴 때 존댓말하는 게 예의거든요."

"하하하, 프랑스에서는 친한 사람끼리 반말을 하잖아. 우리 친구 사이 아니었어?"

그녀가 화통하게 웃으며 말했다. 맞다. 프랑스에서는 친한 친구끼리 말을 놓는다. 나보다 스무 살이나 어린 제니와 도린도 내게 존댓말을 하지 않는다. 우리는 친구니까. 그날, 베로니크는 여러 번 강조했다. 나이는 달라도 우리는 친구라고.

"오늘은 프랑스 전통요리 파르망티에를 만들 거야. 레시피는 여기 있으니까 참고들 하고."

철학 수업은 요리가 끝난 후에

　　일곱 명의 멤버가 미혜일을 따라 부엌으로 향했다.
레시피를 보면서 그녀가 미리 준비해둔 재료들을 씻고, 자르
고, 볶고, 익히며 요리를 했다. 그 사이 크리스틴느는 후식으로
먹을 산딸기 치즈케이크를 준비했다. 이제 오븐에 넣은 파르
망티에가 익기만 하면 끝이다.
"자, 이제 아페리티프를 마실 시간입니다!"
어느새 거실로 나온 미혜일의 남편 무슈 닐이 술잔에 식전주
를 따라 주며 활짝 웃었다.
역사 교사였던 미혜일은 은퇴 후에 파리를 떠나 이곳 프로방
스로 이사 왔다. 평소 '햇살 좋은 프로방스에서 살고 싶다'는
남편의 소원을 이루어주기 위해서였다. 엔지니어였던 그녀의
남편은 마당이 넓은 프로방스 집에서 제2의 인생을 멋지게 시
작했다. 정원 관리를 하면서 건강을 가꾸고, 투명하도록 맑은
프로방스의 공기를 마시며 인생과 철학을 논하다가 세 권의
철학책을 쓰기도 했다.

"자, 자! 더 마셔요!"
아내 친구들을 만나 신이 난 무슈 닐은 우리에게 샴페인을 권
하며 자신의 철학 이야기를 신나게 풀어놓았다. 내게는 너무
어려운 이야기다. 학식이 높은 프랑스와즈도 슬슬 자리를 피
했다.

146

"봤지? 저 사람이 저렇다니까? 나나 되니까 같이 살지."

내 옆에 앉았던 미혜일이 남편을 슬쩍 흘겨보면서 구시렁거렸다. 남편에게 그만 끝내라고 눈치를 주지만 그의 강연은 좀처럼 끝날 줄 모른다. 다행히 오븐이 땡 하는 소리와 함께 요리가다 되었다는 신호를 보내왔다.

나도 그들처럼 늙고 싶다

우리는 햇살 좋은 정원 테이블에 자리를 잡고 앉았다. 방금 만든 맛있는 요리와 무겁지도 가볍지도 않은 보르도와인이 참 잘 어울린다. 즉석에서 만든 샐러드도 신선했다. 맛있는 음식이 입에 들어가자 저절로 신이 났다. 돌아가며 요리품평회를 하고, 와인 이야기를 나누었다.

그런데 '철학자'는 요리 이야기가 마음에 들지 않나 보다. 자꾸 무언가 이야기를 꺼내려고 뜸을 들었다. 남편이 또 지루한이야기를 꺼낼까 봐 미혜일은 자신의 작품 이야기로 기선을 제압했다.

미혜일은 은퇴하고 예술가가 되었다. 아직 작품전을 열 정도는 아니지만, 집안 곳곳에는 그녀가 만든 작품과 그녀가 그린그림이 걸려 있다.

와글와글, 정원에서의 식사가 즐겁다. 달콤한 디저트를 받아들고 행복해하는 프랑스와즈와 베로니크를 바라보다 문득 나의

내 렌즈 안에 모인 프랑스 언니들

그들과 함께 나이 든다는 건
행복한 일이다

미래가 궁금해졌다. 지금 내 앞에 앉아 있는 프랑스 언니들의 현재는 곧 내 미래다. 나도 그들처럼 여유로운 노년을 즐길 수 있을까?

지금 이들은 젊어서 열심히 일한 대가로 오늘을 즐기고 있다고 말한다. 우리 모두가 부러워하는 연금이 있기에 가능한 일이다. 그런데 우리는, 우리나라는 어떤가? 이들보다 더 열심히 일하고 살았는데 은퇴한 뒤에 연금에 기대어 살 수가 없다. 세상은 불공평하다.

"그래도 우리는 복 받은 세대야. 지금 젊은 사람들은 우리처럼 연금을 받을 수 없잖아. 게다가 청년실업률은 좀 높아?"

프랑스의 미래를 걱정하는 프랑스와즈의 목소리에 마음이 더 무거워졌다.

아무래도 진한 에스프레소 커피로 마음을 달래야겠다. 갑자기 10월의 오후가 서글퍼진다.

손때 묻어 더 정겨운 것들

Provence Letter #20

프로방스에 살기 시작하면서 이런저런 변화가 찾아왔다. 그중 하나가 중고품에 대한 관심이다. 우리나라에서도 '아나바다' 나 '아름다운가게'처럼 중고 물품을 저렴한 값에 사고 팔 수 있는 기회가 있지만, 솔직히 나는 그에 별로 관심이 없었다. 늘 쓰던 물건을 함부로 버릴 것이 아니라 서로 나누고 바꾸어 쓰 면 좋겠다고 생각하면서도 실천에 옮기지 못했다.

"없는 것 빼고 다 있습니다"

행여 내가 쓰던 물건을 남에게 주었다가 싫은 소리를 들을까 봐 걱정이 앞섰고, 남이 쓰던 물건을 받았을 때도 상쾌 하지 못했다. 아는 사람들끼리도 쓰던 물건을 사고팔거나 주 고받는 게 찜찜했는데, 모르는 사람이 쓰던 물건을 산다는 것 은 꿈도 꾸지 않았다. 그래서 처음 프로방스에 도착해 살림살

이를 장만하면서 새 물건만 샀다. 목돈 나가는 것을 속 쓰려 하면서 말이다.

그때, 누군가가 중고 물품을 파는 가게를 알려주며, 그곳에서는 프랑스 유명 도자기인 리모주 세트를 120유로에 살 수 있다고 진심어린 충고를 해주었다. 지금 생각해보면 뼈가 되고 살이 되는 조언이었는데, 그때는 중고 물품을 사라는 그녀의 말이 기분 나빴다. 마음도 상했다.

'뭐야! 알지도 못하는 사람이 쓰던 그릇을 사라고? 아무리 명품 도자기라도 그렇지, 프로방스에서 새로 시작하는 마음으로 새살림을 장만하려는 내게 중고나 사라고 하다니……'

혼자 흥분했다. 그래서 보란 듯이 그녀의 충고를 무시했다.

사람은 변한다. 시간의 흐름과 환경의 변화에 따라 변한다. 프로방스에 자리 잡고, 프로방스 식으로 살던 내게도 변화가 찾아왔다. 중고품에 대한 오해와 편견에서 벗어난 것이다. 벼룩시장을 구경하면서 '아니, 어떻게 저런 쓰레기 같은 물건을 파나? 그냥 줘도 안 받을 텐데' 하고 의아해했던 것들의 가치를 하나하나 알게 된 것이다.

이런 변화를 눈치 챈 선옥 씨. 마노스크에서 열리는 중고품 경매 시장으로 나들이를 가자고 나를 부추겼다. 친구 따라 강남도 가는데, 이 기회에 중고품과 좀 친해질까, 하는 마음으로 그녀를 따라 나섰다. 골동품을 보는 안목이 뛰어난 순애 언니도 함께했다.

중고품 경매 시장으로 들어서자 시간을 뛰어넘은 것 같은 느낌이 들었다. 오래된 가구와 그림, 보석과 크리스털 유리잔, 수많은 책들과 도자기 그릇들이 빚어내는 고풍스런 분위기에 마음이 차분해졌다. 오래된 빈티지 와인들도 잔뜩 쌓여 있어, 없는 것 빼고 다 있는 만물상 같았다.

경매가 시작되기 전, 우리는 경매장을 돌아다니면서 이것저것 체크했다. 꼼꼼한 이들은 어제 미리 와서 경매에 나올 것들을 살펴보았단다. 경매에 참여할 마음이 별로 없는 나는 무덤덤한데, 선옥 씨는 미리 와서 챙겨 보지 못한 것을 안타까워했다. 집에서 인터넷으로 경매에 나온 것들을 열람했지만 직접 와서 보는 것처럼 만족스럽지 못하다며 투덜거렸다.

"싸도 너무 싼 것 아니에요?"

드디어 경매가 시작되었다. 능숙한 여자 경매인이 경매로 나온 것들을 소개하고 최저가격을 알려주었다. 오늘 경매는 주차장에 세워 놓은 자동차부터 시작했다. 자동차 시세는 잘 모르지만, 경매 조건이 나쁘지 않은 것 같다. 바로바로 팔려나갔다.

그 다음은 박스에 담아 놓은 그릇과 책들 차례. 소개하자마자 경매인이 가격을 매겼다. 세상에. 예쁜 그릇이 가득 담긴 박스가 10유로. 어떤 박스는 5유로다. 경매 소개인이 가격이 너무 싸다고 항의하자, 경매인이 자신은 소비자 편이라며 너스레를 떨었다.

싸도 너무 싼 가격에 혹해서 이성을 잃을 지경이다. 당장 경매에 참여하고 싶어졌다. 손만 한번 들면 금방 낙찰 받을 게 뻔하다. 박스 안에 있는 물건들 중에 하나만 건져도 10유로는 훨씬 넘을 테니 이건 무조건 남는 장사다.

그런데 나머지 필요 없는 것들은 어쩌지? 쓰레기처럼 버려야 하나? 혼자 이런저런 생각에 빠져 허우적거리는 사이에 오전 경매가 모두 끝났다. 버스는 이미 떠나버렸다.

본격적인 경매는 오후 2시부터 시작된단다. 진열장에 가득한 보석과 크리스털 잔, 그림과 멋진 가구 들도 모두 오후 경매에

오를 거란다. 오후에 약속이 있는 나는 아쉬움을 뒤로 하고 마
노스크 중고품 경매 시장을 나왔다. 친구 따라 강남 갔다가 강
남 구경만 하고 말았다. 그래도 중고품들과 한층 친해진 기분
이다. 다음에는 오늘처럼 망설이지 않고 중고품을 살 수 있을
것 같다.

아이올리 먹는 날

오랜 망설임 끝에 아이올리를 먹으러 간다. 아이올리는 마늘
과 겨자를 넣고 만든 마요네즈 소스에 각종 채소와 생선을 곁
들여 먹는 대표적인 프로방스 요리다. 아이올리를 처음 만난
것은 프랑스어 수업 시간이었다. 아이올리 맛을 본 건 아니었
고, 수업 시간 내내 귀가 따갑도록 아이올리 예찬을 들었다.

아이올리가 도대체 뭐 길래

　　　　귀가 얇은 나는 아이올리가 어떤 음식인지 궁금하고
먹고 싶었지만 마요네즈 소스라는 말에 주춤했다. 마요네즈를
별로 좋아하지 않아서였다. 그런데 만나는 사람마다 내게 아
이올리를 먹어보았느냐고 물었다. 왜 그렇게 프로방스에는 먹
는 일에 목숨을 거는 사람이 많은지 모르겠다. 그들은 내게 꼭
아이올리 맛을 보여주기로 맹세한 것처럼 아이올리 공격을 가

했다. 사주지도 않으면서.

몇 년 동안 아이올리 예찬을 듣다 보니 프로방스를 떠나기 전에 꼭 맛봐야겠다는 사명감이 들었다. 그래서 아이올리를 잘하는 식당을 수소문했다.

레스토랑은 의외로 가까운 곳에 있었다. 우리 집 근처의 카페 레스토랑이 프로방스 스타일의 아이올리로 유명하다고 소문이 나 있었다. 아이올리를 먹으러 간다고 하자 선옥 씨와 경옥 언니도 함께 가겠다고 나섰다.

햇볕이 가득한 날, 우리는 레스토랑을 찾았다. 흥겨운 콧노래를 부르며 서빙을 하던 갸송에게 거침없이 '아이올리'를 주문했다.

"죄송합니다. 오늘 아이올리는 모두 끝났습니다."

"네? 아직 12시도 안 되었는데요?"

"아이올리는 미리 예약을 받거든요."

예약이라니? 별 다섯 개짜리 레스토랑도 아니면서 예약 운운하다니 황당했다. 그는 안타깝다는 표정으로 우리에게 다른 음식을 권했다. 그럴 수는 없는 일. 꼭 아이올리를 맛보고 싶은 우리는 다른 음식을 거부하고, 그 자리에서 아이올리를 예약했다.

"예약하신 아이올리는 2주일 후에나 드실 수 있는데, 괜찮으세요?"

3주를 기다리고 고대했건만

2주 후라고? 대체 얼마나 맛있고 귀한 음식이기에 예약하고 2주나 기다려야 하는 걸까? 무슨 사연인지 모르겠지만 쉽게 먹을 수 없다는 말이 호기심을 자극했고, 군침을 돌게 했다. 기꺼이 2주 동안 기다림의 시간을 갖기로 했다.

하지만 아이올리는 3주 후에나 맛볼 수 있었다. 주방장에게 사정이 생겼다며 레스토랑 측은 예약을 일주일이나 연기했다. 나를 비롯한 손님들은 얌전하게 항의 한마디 하지 않고 일주일을 더 기다렸다.

드디어 디데이. 우리는 바람 사이로 비치는 햇살을 동무 삼아 아이올리를 먹기 시작했다.

각종 채소와 흰 살생선 그리고 삶은 계란을 노란색 아이올리

소스에 찍어 먹는 맛은 솔직히 그저 그랬다. 기대가 커서 그랬는지, 아니면 입맛에 맞지 않아 그랬는지 잘 모르겠다. 하여간 고대했던 것과 달리 먹는 표정이 다들 떨떠름해졌다.

"이상해. 다들 맛있다는데 왜 나한테는 별로지?"

내가 먼저 시비를 걸었다. 프랑스 요리를 사랑하는 전 세계 식도락가들에게 돌 맞을 소리인지 모르겠지만, 이곳에 사는 동안 나는 매일 이런 의문을 품고 살았다. 왜 남들은 침을 튀기며 칭찬하는 프랑스 요리가 내게는 별로인지 제발 그 이유를 알고 싶었다.

'고향의 맛'은 여전하다

내 입맛이 너무 촌스러운 게 아니냐고? 그건 아니다. 나는 어려서부터 유명한 '빵순이'였다. 맛있는 케이크 때문에 번번이 다이어트에 실패했고, 피자와 스파게티는 직접 만들어 먹을 정도로 좋아했다. 지금은 아니지만, 30대 초반까지는 김치 없이도 꿋꿋하게 살 정도였으니 오히려 서구화된 입맛의 소유자였다.

혹시 싸구려 레스토랑만 다닌 건 아니냐고? 그것도 아니다. 아주 가끔은 최고급 레스토랑에서 프랑스 요리를 먹은 적이 있는데, 그때도 감동을 받지 못했으니까. 푸아그라와 달팽이 요리도 그저 그랬으니까.

그리고 음식 맛은 가격과 비례하지 않는다. 한국음식의 진수를 일류 한정식 집에서만 맛볼 수 있는 것이 아니니까. 오히려 일반 식당에서 먹는 김치찌개 한 그릇에서 우리 음식의 매력을 느낄 수 있고, 길거리음식이 더 맛있기도 하니까.

그러면 왜 나는 프랑스 요리, 프로방스 요리에 감동받지 못하는 걸까? 아마 평생 길들여진 입맛 때문이 아닐까 싶다. 내가 아무리 빵순이였고, 느끼한 서양요리를 좋아했다고 해도 그건 우리 음식을 배불리, 만족스럽게 먹고 난 뒤라 그랬을 것이다.

"나도 그래. 아무리 맛있는 프랑스 요리도 김치찌개만 못하잖아."

"김치찌개도 물론 맛있기는 하지만 솔직히 프랑스 요리가 정말 맛있지."

아이올리를 먹던 경옥 언니와 선옥 씨가 프랑스 음식에 대한 각자의 생각을 털어놓았다. 프랑스 음식을 앞에 놓고 한국 음식을 예찬하는 우리와 달리 선옥 씨는 프랑스 요리 편을 들었다. 남편과 제법 많은 프랑스 레스토랑을 순례했던 그녀는 그동안 맛있게 먹었던 프랑스 요리를 줄줄이 늘어놓았다.

그런데 이상하다. 투덜대면서도 접시를 싹싹 비운 우리와 달리 그녀의 접시에는 남은 음식이 가득했다. 그녀의 입맛도 어쩔 수 없이 우리처럼 애국자가 되어가나 보다.

차보다 사람이 먼저인 곳

Provence Letter #22

영화 〈투스카니의 태양〉에서 주인공 프랜시스는 피렌체로 조명
기구를 사러 갔다가 잘생긴 이탈리아 남자 마르첼로를 만난다.
그녀는 멋진 조명기구를 살 수 있다는 마르첼로의 말을 믿고
그를 따라 나선다. 운전대를 잡은 그는 전속력으로 교통신호
를 무시하며 도로를 달린다. 그의 거친 질주에 겁이 난 프랜시
스가 왜 신호등을 보지 않느냐, 삼색 신호등이 무슨 뜻인지 아
느냐고 묻는다. 그러자 그가 기세등등하게 대답한다.
"파란불은 달리라는 거고, 노란불은 장식용, 빨간불은 그냥 참
고사항이죠."

프랑스 사람처럼 운전하라고?

　　한마디로 신호등에 연연하지 않고 운전한다는 말이
다. 이탈리아에서 운전을 해본 사람이라면 다소 과장된 마르

160

첼로의 말을 실감할 수 있다. 우리나라의 거친 운전환경에 적응한 운전자라도 허거 소리가 절로 나올 정도니까.

나도 이탈리아로 여행 갔을 때, 그들의 거친 운전 때문에 당황했던 경험이 있다. 로마는 물론이고 밀라노 같은 대도시에서도 운전은 아슬아슬 곡예를 하는 기분이었다. 차선도 없는 도로가 비일비재했고, 차들이 거침없이 밀고 들어오니 웬만해서는 운전 스트레스를 받지 않는 남편도 긴장의 끈을 놓지 못했다.

프랑스는 어떨까? 영국 사람들은 프랑스 운전자들을 걱정스럽게 바라본다. 느긋한 프랑스 사람들이 운전대만 잡으면 성격이 급해진다는 말도 한다. 오죽하면 '사고 당하고 싶으면 프랑스 사람처럼 운전하라'는 농담까지 할 정도란다.

그런데 내가 프로방스에서 만난 현실은 달랐다. 거의 모든 운전자가 정직하게 교통신호를 지키고, 운전도 조심스럽게 했다. 자동차는 물론 버스까지, 심지어 자전거도 명예를 걸고 교통신호를 지키고 있었다. 양보는 또 얼마나 잘 해주는지. 이곳 사람들은 정말 신사적으로 운전하는구나 생각했다.

가장 놀랐던 것은 오토바이들이 철저하게 교통신호를 지키고 있다는 것이다. 우리나라처럼 슬금슬금 눈치를 보며 신호를 어기거나 헬멧을 쓰지 않은 오토바이 운전자는 한 명도 없었다.

프랑스에서는 길이 존재하는 곳이라면
어디나 사람이 우선이다

1996년이었던가, '이경규가 간다'라는 예능 프로그램이 있었다. 교통신호를 잘 지키는 운전자를 찾는 이 프로그램 덕분에 우리의 교통문화가 많이 좋아졌다고 들었다. 그런데 프랑스에서는 절대로 이런 프로그램을 만들 수 없다. 왜냐고? 누구나 교통신호를 철저하게 지키고 있으니 만들 수도 없거니와 만드는 의미도 없을 테니까.

차보다 사람이 먼저인

재미있는 것은 이렇게 교통신호를 철저하게 지키는 운전자들이 보행자가 되면 정반대가 된다는 것이다. 마르첼로의 표현을 빌려 프랑스 보행자 입장에서 신호등을 해석해보면 이렇다.

'횡단보도에서 파란불은 당당하게 길을 건너라는 뜻이고, 노란불은 빨리빨리 건너라는 거고, 빨간불은 주위를 잘 살펴보고 건너라는 것이다.'

정말 그렇다. 평소에는 느긋한 사람들이 길을 건널 때는 뭐가 그리 급한지 횡단보도의 신호등이 바뀌는 것을 기다리지 못한다. 호시탐탐 기회를 노리다가 자동차 흐름이 끊겼다 싶으면 어김없이 길을 건넌다. 무단횡단을 하면서도 뛰지 않는다.

만약 보행자가 자동차도 없는 도로에서 신호등이 바뀌기를 기다리고 서 있다면 그는 준법정신이 투철한 것이 아니라 고지식한 사람 취급을 받는 것이 프로방스의 현실이다.

길은 꼭 횡단보도로 건너야 하고 무단횡단은 자살행위나 다름없다는 우리 교통문화 입장에서 보면 무질서도 이런 무질서가 따로 없다. 만약 우리나라에서 그것도 서울 한복판에서 이렇게 무단횡단을 한다면 벌금은 고사하고 목숨을 부지하기 어려울 테니까.

그런데 나쁜 짓은 꼭 먼저 배운다는 말처럼 나도 어느새 프로방스 사람들처럼 무단횡단을 밥 먹듯이 하고 있다. 신호등에

상관없이 차가 뜸하면 무조건 길을 건넌다.

이처럼 프로방스 사람들이 무단횡단을 하는 건 믿는 구석이 있기 때문이다. 바로 사람이 우선인, '사람 중심의 교통문화'다. 언제 어디서든 사람이 차보다 우선한다는, 차 따위가 감히 인간의 권위에 도전해서는 안 된다는 것이다. 가끔 무조건적인 사람 중심 교통문화가 불합리할 때도 있지만 나는 그 정신이 마음에 든다.

우리는 그처럼 될 수 없을까

'사람 중심의 교통문화'는 여기저기서 볼 수 있다. 내가 사는 엑상프로방스의 구시가지 도로에서도 사람은 차보다 귀한 존재다. 그래서 사람들은 차도 옆에 버젓이 인도가 있는데도 툭하면 차도로 내려와 걷는다.

길이 좁은 탓도 있지만 차도와 인도의 구분이 확실하게 있는데도 사람들은 무심코 혹은 막무가내로 차도를 침범해 걸어 다닌다. 그러면 차는 순한 양처럼 사람들 뒤를 졸졸 따라간다. 절대로 비켜달라고 경적을 울리지 않는다. 차도를 침범했던 보행자가 미안하다는 듯 길을 비켜주면 차는 그제서야 속도를 높이는 게 보통이다. 우리나라에서는 상상도 못 할 일이다.

신호등이 없는 횡단보도에서도 그렇다. 보행자가 길을 건너려고 기웃거리고 있으면 차는 대부분 멈춰주면서, 보행자에게

어서 길을 건너라는 제스처를 보낸다. 참 아름다운 모습이다. 그래서 우리도 운전할 때는 길을 건너려는 사람들을 배려해 여유 있게 차를 멈추고, 보행자가 길을 건넌 다음에야 출발하는 습관을 들였다.

남편은 우리나라에 돌아가서도 운전 중에는 이렇게 작은 친절을 베풀고 싶다는 말을 자주 한다. 좋은 말이다. 그런데 왜 걱정이 앞서는지 모르겠다. 만약 우리나라에서 보행자를 배려하느라 신호등이 없는 횡단보도 앞에서 정차한다면 어떤 일이 생길까? 뒤따라오던 차에 받히거나 욕을 먹지 않을까? 머릿속이 복잡해진다.

여기는 엑상프로방스입니다
Provence Letter #23

엑상프로방스 시내를 산책하다 보면 아는 얼굴을 자주 만난다. 이들과 반갑게 인사를 나누고 헤어질 때면 입가에 잔잔한 미소가 스민다. 약속하지 않아도 또 다시 길을 걷다가 우연처럼 만날 수 있다는 생각에 헤어지는 마음도 무겁지 않다. 만나고 헤어짐이 일상처럼 이루어지는 곳이 엑상프로방스니까.

누구나 친구가 되는 곳

일주일 전, 시내로 볼일을 보러 나가는 길에 우연히 델리나를 만났다. 아침 시장을 다녀오는 길이라는 그녀는 가슴에 한가득 해바라기 꽃다발을 안고 있었다. 마침 성당 앞 카페를 지나던 길이었다. 우리는 카페에 앉아 커피를 마시며 그동안 밀린 수다를 나누었다. 나는 외출하던 길이었고, 그녀는 저녁에 있을 조촐한 파티 음식을 준비해야 하기에 오랫동안 이야기를 나눌 수 없었다. 그래서 다시 만날 약속을 정하고 헤어졌다.

그녀와 만나기로 한 시청 앞 카페는 손님들로 가득했다. 오랜만에 내린 비 때문에 주춤했던 햇살이 마주앉은 우리 사이로 파고들었다.

그녀는 그 사이에 친구들과 모로코로 여행을 다녀왔다고 했다. 인터넷에서 우연히 값싼 모로코 행 비행기 표를 발견하고 무작정 다녀온 여행이었다나. 금상첨화로 시설이 좋으면서도 부담 없는 가격의 호텔까지 찾게 되어 4박 5일 동안 더없이 즐거웠다는데, 문제는 여행 마지막 날이었다. 여행지에서 사먹은 음식 때문에 배탈이 나서 어제까지 5분 간격으로 화장실을 들락거렸단다. 의사에게 진찰 받고 약을 먹었는데도 효과가 없었다며 울상을 지었다.

한참 동안 그녀의 여행기를 듣고 있는데, 누군가 우리 테이블로 다가왔다. 동시에 그녀가 반가운 얼굴로 그와 인사를 나누었다. 그와 안부도 주고받고, 그를 내게 소개해주기도 했다. 그가 돌아가고, 다시 우리의 수다가 계속되었다.

내가 프로방스로 놀러왔던 후배 지형이와 아비뇽과 아를을 다녀온 이야기를 신나게 하고 있는데 또 누군가가 우리에게 다가왔다. 이번에도 델리나가 반갑게 인사를 했다. 이렇게 우리가 수다를 떠는 동안 델리나는 네 명의 친구를 만났다. 아무리 마당발이라지만 참 대단한 기록이다. 그중에는 그녀와 친하게 지내는 지라드도 있었다. 이야기로 듣던 것보다 훨씬 신사답고 멋있었다.

이처럼 행복한데 뭘 더 바랄까

"아직도 지라드가 같이 살자고 해?"

외로운 그녀의 삶을 잘 알기에 은근슬쩍 그와의 미래를 물었다. 저 정도 남자라면 프로방스에서 살림을 차려도 좋을 것 같

📷 카메라에 담은 카페

카페 순례를 즐기던 스무 살의 나는
프로방스에서 인생의 가치를
알고 즐기는 중년이 되었다

아 보였다. 그런데 그녀는 완고하게 고개를 저었다.

"그를 사랑하는 건 맞지만 그와 같이 사는 건 싫어. 결혼, 아니 남자랑 같이 사는 건 내 인생에서 한 번이면 족해. 그건 내가 전남편한테 상처를 받아서가 아니라, 이제부터 내가 내 인생의 주인으로 살고 싶어서 내린 결정이야."

맞다. 혼자서 이렇게 자유롭고 행복한데 무엇 때문에 또다시 서로를 구속하는 힘겨운 삶을 살겠는가. 사람과 사람 사이는 너무 가까울 때보다 적당한 거리를 유지하고 있을 때가 더 좋을 수 있다. 개인주의 성향이 강한 서양 사람들에게는 더 그렇다.

이렇게 자신의 삶을 직접 챙기고 가꾸려면 무엇보다 경제적인 자립이 필수조건이다. 그래서 그녀는 올봄에 중대한 결정을 했다. 미국에 집을 사고 수리해서 세입자를 들인 것이다. 평생 모은 돈을 은행에 맡겼다가 오히려 손해를 봤던 그녀가 이제 부동산 투자로 자리를 잡게 된 것이다. 그래서 이 기회에 노후 대책으로 집을 더 살까 고민 중이란다. 지금 미국의 집값이 많이 떨어져 은행 대출을 받아도 승산이 있을 거란다.

대단하다. 혼자 모든 것을 책임지고 이루어가는 그녀가 오늘따라 더 멋있어 보였다.

그곳에는 늘 이야기가 있다

이야기가 한창 무르익을 무렵, 그녀의 눈동자가 반짝였다. 그녀의 시선을 따라가 보니 젊은 여자가 유모차를 끌고 카페로 들어섰다. 델리나가 호들갑스럽게 일어나 그녀와 인사를 나누었고, 그녀는 우리 옆 테이블에 자리를 잡았다. 누구냐고 물어보니, 아는 사람의 딸이란다. 아기를 낳은 지 2주일 되었다나.

그런데 세상에! 출산한 지 2주 된 산모가, 아직 부기도 빠지지 않은 그녀가 아기 앞에서 버젓이 담배를 피우기 시작했다.

"저래도 되는 거야?"

"뭐가?"

"출산한 지 2주밖에 안 되었다는데 찬바람 쐬면서, 아기 앞에서 담배도 피우고……. 우리나라에서는 산모가 출산하고 3주 동안은 집안에서 꼼짝 않고 몸조리하는데 말이야."

"뭐? 3주나? 나는 첫째를 낳고 사흘 만에 백화점에서 쇼핑을 했는데……."

우리는 놀란 얼굴로 서로를 바라보았다. 이런 문화적 차이를 어떻게 설명해야 할까? 델리나가 몸조리를 한 나보다 건강한 걸 보면 신체적인 차이라고 해야 할까? 우리는 결국 서로의 차이와 다름을 인정하는 수밖에 없다는 표정으로 웃고 말았다.

담배연기 아래에서 새근새근 자고 있는 아기에게 작별인사를 하고 카페를 나섰다. 계속 이곳에 앉아 있다 보면 그녀의 동창회가 열릴지도 모를 테니까.

"우리가 프로방스에 온 지 벌써 5년째야."

"맞아. 벌써 그렇게 되었지."

"그런데 너는 정말 친구를 많이 사귀었나 봐. 오늘 만난 사람

사소한 삶이라면 어떠랴
함께하기에 행복한 것을

들만 해도 대체 몇 명인지……."

"하하하, 그런가? 그들 덕분에 내가 프로방스를 더 좋아하는 지도 몰라."

그렇다. 엑상프로방스에는 이렇게 다정한 사람들이 많이 살고 있다. 작은 도시라 어디서든 사람을 만나고 안부를 물으며 정을 나눌 수 있다. 그래서 늘 행복한 이곳이 델리나와 내가 사랑하는 도시, 엑상프로방스다.

겨 울 편 지

마 음
따뜻해지는
기 억 들

그녀처럼 유쾌하고 심플하게

Provence Letter #24

영양크림을 사러 갔다가 완팅을 만났다. 그녀는 3년 전, 나와 같은 반에서 프랑스어를 공부했던 대만 친구다. 고등학교를 막 졸업하고 프랑스 유학을 왔던 소녀가 이제 처녀티가 펄펄 나는 어엿한 대학생이 되었다. 요즘 뭐하느냐, 어떻게 사느냐 며, 우리는 서로의 안부를 물었다.

그녀는 엑상프로방스–마르세유 1대학에서 그래픽디자인을 공부하면서 시간이 날 때마다 레스토랑에서 아르바이트를 하고 있었다.

완팅은 한국 마니아

쇼핑하는 그녀를 찬찬히 보니 몇 년 사이에 참 야무 져졌다. 처음 만났을 때는 철부지 아이 같았는데 물건 하나를 사는 폼도 굉장히 깐깐하다. 저자극성 에센스를 사러 왔다는

그녀는 화장품들을 꼼꼼하게 들여다보더니 메모지에 가격을
적었다.

근처 가게들과 가격을 비교하는 중이란다. 주부 경력 25년인
나도 이렇게까지 가격을 비교하면서 쇼핑하지 않는데. 참 알
뜰하다고 감탄했더니 그 이유를 말해주었다.

"화장품이 가게마다 가격이 다르거든. 예를 들어 이 화장품, 한
곳에서는 20유로짜리를 17유로에 할인해준다고 쓰여 있지만

📷 완탕과 함께 걷다가 만난 가게 풍경

그녀는 가격을 따지고,
나는 카메라 셔터를 누른다

다른 데는 처음부터 17유로에 팔아. 그러니까 이렇게 일일이 가격을 기록하면서 어디가 양심적으로 물건을 싸게 파는지 알아보고, 가장 적정한 가격의 물건을 사려는 거야."

똘똘하고 야무진 그녀가 너무나 기특하고 예뻐서 뭐라도 사주고 싶어졌다. 곧 점심을 먹을 시간이라 근처 레스토랑을 갈까 망설이는데, 그녀가 살짝 한국 음식이 먹고 싶다는 뜻을 비쳤다. 어쩌나. 오늘따라 만들어 놓은 밑반찬도 떨어졌고, 밥을 하려면 시간이 많이 걸릴 텐데.

"라면 좋아하면 우리 집에서 김치에다 라면 먹을래?"

게으른 질문에 그녀가 뛸 듯이 기뻐하며 앞장섰다. 할 수 없이 쇼핑하려던 계획을 접고 집으로 향했다.

시청 앞을 지날 때 그녀가 근처 골목을 가리켰다. 묻지도 않았는데 저쪽으로 가면 자기네 집이 나온다는 이야기를 꺼냈다. 갑자기 그녀가 프랑스 가정에서 홈스테이를 했던 기억이 떠올랐다.

걱정은 할수록 느는가 보다

"지금도 프랑스 가족이랑 같이 살아?"

"아니. 지금은 직장 동료랑 같이 살아. 박사과정을 밟고 있는 중국 남자인데, 그도 내가 아르바이트를 하는 레스토랑에서 일하거든."

"지금 남자랑 같이 산다는 거야? 혹시 애인?"

"아니! 그냥 직장 동료. 그는 여자친구도 있는걸. 같이 살던 여자친구는 일 때문에 파리로 갔고, 내가 대신 그랑 사는 거야."

"뭐라고? 그냥 아는 남자랑 한 집에서 산다고? 말도 안 돼! 불편한 게 얼마나 많을 텐데. 그리고 그가 널 덮치기라도 하면 어쩌려고?"

"그럴 일은 없어. 그 사람, 굉장히 신사답고 여자친구도 내가 잘 알거든. 그리고 말이야. 사실, 여자랑 같이 사는 것보다 남자가 더 편해. 알잖아. 여자들은 예민해서 같이 살다 보면 부딪치는 일이 많은데 이 사람 하고는 아무 문제도 없어. 내 성격이 남자처럼 털털해서 그런지 여자들 하고는 집안일로 많이 다투었거든. 그런데 그랑은 정말 편해."

"그럼 집에 방은 두 개야?"

"코딱지만한 스튜디오에 무슨 방이 두 개나 되겠어?"

"남자랑 같은 방에서 잠까지 잔다고? 나는 정말 이해 못 하겠다. 그 남자 안 무서워?"

"무섭긴 뭐가? 이층침대에서 따로따로 자는걸. 정말 아무 문제없어. 이상한 상상을 전혀 할 필요 없다니까. 게다가 남자랑 같이 살면 커플로 인정받아 학자보조금도 더 받을 수 있는걸. 마음 편히 살면서 돈까지 아낄 수 있으니 얼마나 좋아."

본인이 좋다는데 뭘 더 바랄까. 더구나 가난한 유학생에게 경제적으로 도움이 된다는데. 괜히 그녀의 삶에 딴죽을 거는 내 자신이 고루하고 융통성 없어 보였다.

　　　　라면을 한 젓가락 먹고 난 그녀가 한국말로 "맛있어요"를 외쳤다. 한류 드라마에 푹 빠져 살다 보니 저절로 한국말을 배웠나 보다 싶어 반갑게 웃었다.

"한국말 많이 늘었네. 드라마 많이 봤구나?"

"드라마도 많이 봤지만, 대학에서 한국어를 제2외국어로 선택했어."

그녀가 전해주는 한국어 열풍은 대단했다. 한국에 빠져 한국어를 배우는 프랑스 친구들도 많단다.

그녀의 한국어 실력은 솔직히 말을 시작하는 아기 수준이다. 한국말 배우기가 힘들다는 하소연도 늘어놓는다. 그럼에도 그녀가 한국어를 배우고 싶어하는 이유는 한국이 좋고, 한국 음식이 맛있고, 한국 드라마가 너무나 좋아, 언젠가는 꼭 한국에 놀러가고 싶기 때문이란다.

"그럼 나한테 한국어 과외 받을래?"

"바쁘지 않아? 정말 한국말을 가르쳐줄 시간 있어?"

"시간? 없어도 만들어야지."

우리말을 배우겠다는 그녀가 기특해 덜컥 약속을 잡았다. 드디어 나도 그동안 받은 은혜를 갚을 기회를 만났다. 내 프랑스어 실력 향상을 위해 기꺼이 수다 시간을 함께해주었던 프랑스 친구들에게 감사하는 마음으로 완팅에게 한국어 자원봉사를 약속했다.

도린과 함께하는 화요일 오후
Provence Letter #25

도린은 올해 서른한 살 된 독일인이다. 아일랜드에서 일할 때 만난 연하의 프랑스 남자와 사랑에 빠져 프로방스에 둥지를 틀었다. 모국어인 독일어는 물론이고 영어와 러시아어도 하는 재원이다. 그녀는 남자친구를 위해 프랑스어를 배웠고, 3년 만에 프랑스 사람들도 힘들다는 회사에 취직했다. 초기에는 우리 중에 프랑스어를 제일 못했는데 지금은 프랑스 사람인가 착각할 정도다. 남자친구와는 7년째 동거중이다.

화요일은 언제나 도린과 함께

그녀가 취직을 하고, 우리와의 만남이 뜸해졌다. 직장인이 된 그녀는 저녁때나 주말에만 시간이 났고, 반대로 나는 그 시간을 남편과 보내야 했기에 약속을 잡을 수 없었다. 우리는 '봉주르'만 겨우 말하던 프랑스어 반벙어리 시절에 만나 부족한 말보다 마음으로 가까워진 친구 사이다. 시간을 쪼개 수시로 만나고, 수다를 떨며 프랑스어 실력을 키우고 우정을 다지던 친구였다. 그러니 서로 만나지 못하는 동안 그리움이 나날이 커져갔다.

급기야 보고 싶은 마음을 이기지 못한 그녀가 특단의 조치를 취했다. 직장에서 매일매일 약간씩 오버타임으로 일하고, 대신 매주 화요일 오후를 쉬기로 한 것이다.

"강요하는 건 아니지만 화요일 오후는 무조건 시간을 비워 두는 거야, 알았지?"

노는 사람들이 더 바쁘다고 했던가. 이런저런 일정이 복잡하게 얽혀 있었지만 선옥 씨와 나는 기꺼이 그녀를 위해 화요일 오후를 바치기로 했다.

이렇게 우리는 '도린과 함께하는 화요일' 수다 모임을 결성했고, 오늘이 그 두 번째 만남이다. 장소는 우리가 늘 만나던 시청 앞 카페. 오늘은 델리나도 함께했다. 병원에서 근무 중인 제니만 빼고 모두 모였다.

반갑게 인사를 나눈 우리는 일주일 동안의 안부를 묻고, 사소한 일상 이야기를 시작했다. 에너지가 넘치는 델리나 덕분에 수다는 나일강처럼 거침없이 흘렀다.

오랜만에 만난 델리나의 일상은 변화무쌍했다. 얼마 전에 중고 자동차를 산 것도 모자라 친구의 아는 사람의 친구 집 달마시안을 돌봐주기 위해 일주일 동안 파리를 다녀올 예정이란다. 오지랖도 참 넓다.

그녀는 물가 비싼 파리에 일주일 동안 머물 공간이 생기는데다가 멋진 개와 함께할 수 있으니 얼마나 좋은지 모른다며 활짝 웃었다.

델리나에게 남자가 생겼어요

도린은 주말에 장보기를 싫어하는 남자친구를 달래 쇼핑을 다닌 이야기를 꺼냈고, 선옥 씨는 카시와 방돌로 놀러 갔을 때 겪은 에피소드를 전해주었다. 나는 일주일간 튀니지 방방곡곡을 돌고 온 여행기를 신나게 떠들었다. 이렇게 우리의 수다가 절정을 이룰 때였다.

"나, 만나는 남자 생겼어."

갑작스러운 델리나의 고백에 우리는 동시에 환호성을 질렀다. 남편의 외도 때문에 이혼하고 그 상처를 안고 프로방스로 온 그녀에게 새 남자가 생겼다니, 축하를 해도 백 번은 더 해주고 싶은 일이다.

"언제, 어떻게 만났어?"

"어떤 사람이야?"

"일주일에 몇 번 만나?"

속사포처럼 이어지는 우리 질문에 그녀는 미소를 가득 담은 얼굴로 화답했다.

인터넷 만남 사이트에 영어를 할 줄 아는 사람을 만나고 싶다

는 글을 올렸는데, 영어를 거의 할 줄 모르는 남자가 연락해왔
단다. 그를 처음 만난 날, 그가 페라리를 몰고 나왔는데, 자신은
그 차가 그렇게 좋은 차인지 몰랐단다. 작지만 자기 사업체를
경영하는 사람이고, 나이는 그녀보다 다섯 살 많단다.

한 가지 흠이라면 그가 전형적인 남프랑스 남자답게 키가 작
다는 것이다. 물론 그의 작은 키가 싫다는 건 절대로 아니지만.
남프랑스 남자의 키 이야기가 나오자 도린과 델리나의 목소리
가 커졌다.

"미국에서는 보통 남자들이랑 포옹하면 내가 그들의 가슴에
폭 안겼는데, 그랑 포옹을 했더니 눈이 마주치는 거야. 내가 높
은 신발을 신은 날은 그의 정수리도 보이고."

"맞아. 안토니도 나보다 2센티미터 작잖아."

키 170센티미터가 넘는 델리나와 178센티의 키를 자랑하는
도린은 키 작은 프랑스 남자들에 대한 불만과 아쉬움을 마구
마구 털어놓았다. 듣고 있던 키 작은 내가 한마디했다.

"그러길래 누가 키 크래? 나처럼 키가 작아봐. 이 세상 어떤 남
자를 만나도 문제없지. 안 그래?"

"정말 그러네? 그럼 우리가 작은 키를 부러워해야 하는 거야?
하하하."

한바탕 웃는데 델리나의 표정이 잠시 어두워졌다.

　　"그런데 문제가 하나 있어. 사실 남자를 만나는 건 외롭기 때문이거든. 가슴속에 차오르는 우울을 치유해줄 수 있는 사람을 만나고 싶은데 그가 영어를 못 해. 내 프랑스어 실력으로 깊은 대화를 나누기도 힘들고……."
"그렇겠구나. 그런데 남녀가 사랑에 빠지면 말이 필요 없는 거야."
불쑥 튀어나온 내 말에 델리나의 눈이 반짝이더니 화통하게 웃기 시작했다.

📷 어둠이 내리는 거리를 밝히는 크리스마스 장식용 조명등

화사한 겨울의 꽃이 피어오르고,
우리의 저녁이 시작된다

"맞아, 맞아! 사랑할 때는 말보다 행동이 더 중요하지. 그런데 정말 그랑 진정한 사랑을 나눌 수 있을까?"

"그럼. 그 덕분에 네 프랑스어 실력도 쑥쑥 늘걸?"

말은 이렇게 했지만, 진정한 대화가 빠진 사랑이 과연 오래갈 수 있을지. 이런 경험을 전혀 해보지 못한 나는 장담할 수 없다. 하지만 언제나 유쾌 상쾌하고 에너지가 넘치는 그녀는 사랑을 아름답게 가꿔가리라 믿는다.

5시도 안 되었는데 어느새 시청 광장에 어둠이 내리기 시작했다. 크리스마스 장식을 한 조명들이 하나둘씩 켜지며 엑상프로방스의 밤이 사랑으로 물든다. 이제 일어날 시간이다.

선옥 씨와 나는 저녁준비를 하러, 도린은 남자친구를 만나러, 델리나는 물리치료를 받으러 간다며 일어섰다. 그런데 델리나가 거울을 꺼내더니 립스틱을 진하게 바른다. 뭐야, 이 시추에이션은? 우리의 시선이 그녀에게 쏟아졌다. 델리나가 겸연쩍게 웃으며 말했다.

"내 담당 물리치료사가 무진장 잘생겼거든."

모두에게 감사, 모두에게 축복
Provence Letter #26

"다음 주 화요일에는 우리 집에서 크리스마스 파티 하자. 모두들 좋지?"
'도린과 함께하는 화요일' 멤버인 제니가 생글생글 웃는 얼굴로 파티 소식을 전했다. 우리는 일제히 환호하며 즉석에서 각자 준비해올 음식을 정했다. 좋은 친구들과 크리스마스 파티를 할 생각에 벌써부터 마음이 붕붕 떠올랐다.

"어제도 그 때문에 잠을 설쳤어"

드디어 디데이. 제니네 집 거실로 들어서자 커다란 크리스마스트리가 씩씩한 모습으로 우리를 반겼다. 깔끔하면서도 세련된 크리스마스 인테리어가 돋보이는 거실이다.
거실 한쪽에는 샴페인과 와인, 각종 치즈와 올리브를 곁들인 식탁이 차려져 있다. 우리는 준비해온 음식들을 식탁에 올려

190

놓았다. 선옥 씨의 꼬마빈대떡과 델리나가 구워 온 아메리칸 쿠키, 내가 가져간 새우칠리소스 요리가 곁들여졌다. 도린이 사온 맛있는 과일들도 풍성하게 자리를 잡았다.

열세 가지 프로방스 식 디저트는 없지만 이만하면 더없이 멋진 크리스마스 식탁이다.

우리는 샴페인으로 건강을 기원하는 건배를 했다. 제니가 준비한 분홍빛 샴페인이 달콤하게 온몸을 휘감았다. 크리스마스까지는 아직 열흘이나 남았지만 우리에게는 오늘이 크리스마스다. 좋은 친구들과 함께 즐기는 행복한 이 시간을 더 오래오래 붙잡아두고 싶어진다.

조촐해도 풍성한 우리들의 크리스마스 파티 📷

12월의 엑상프로방스는 매일매일이 크리스마스 같다

맛있는 음식을 먹으며 수다 보따리를 풀어놓았다. 먼저 입을 연 사람은 델리나였다.

"어제도 이웃집 남자 때문에 잠을 설쳤어."

혼자 사는 그녀가 이웃집 남자 때문에 잠을 설쳤다는 말에 모두가 눈이 동그래져서 그녀를 바라보았다.

"내가 이웃집 남자 애기 안 했나? 이런. 이웃집 남자 때문에 정말 못살겠다니까. 있잖아 그게……"

이상한 상상을 했던 우리는 곧 진실을 알게 되었다.

그녀의 이웃에 젊은 음악가가 살고 있는데, 그의 왕성한 소음 때문에 모두들 고통받고 있다는 것이다. 젊은 남자니까 그러려니 이해해주려고 노력했단다. 그런데 새벽 2, 3시까지 하루에 대여섯 번이나 이어지는 굉음 때문에 매일 밤마다 잠을 설치는 고통은 당해보지 않은 사람은 모를 거라며 고개를 저었다.

"정말이야? 와, 정력도 왕성해라. 누군지 모르지만 복 많은 여자네."

뜬금없는 제니의 농담에 웃음이 터졌다. 우리 중에 제일 얌전한 제니가 이런 말을 하다니. 그보다 우리가 이런 이야기까지 나누다니, 정말 우리의 우정도 많이 깊어졌나 보다. 짓궂은 생각이 들어 나도 한마디 거들었다.

"공짜로 듣는 건데, 재미있잖아?"

"재미라고? 너무하다. 홀로 독수공방하는 내 입장을 몰라서 그래?"

"앗! 쏘리, 쏘리."

"오케이. 한 번 봐주지. 어디까지 얘기했더라? 맞아! 그 여자는 또 얼마나 소리를 크게 지르는지. 얼굴은 몰라도 목소리를 들으면 그 여자인지 알 정도라니까."

백수라도 마냥 좋은 도린

우리는 깔깔거리며 얼굴도 모르는 델리나의 이웃집 남자 흉을 잔뜩 보다가 도린의 직장 이야기로 화제를 돌렸다. 회사 사정이 어려워져 곧 문을 닫게 될지도 모른단다. 순간 우리 얼굴에 먹구름이 끼었다. 당사자인 도린만 태평했다. 어렵게 들어간 직장인데, 더구나 남자친구도 같은 회사에서 일하는데, 잘못하면 두 사람 다 실업자가 되는 거다. 그런데도 저렇게 태평한 표정을 짓다니. 참 대단하다는 생각이 들었다.

"안토니는 우리가 실업자가 되면 미국으로 여행을 가자는데, 돈이 너무 많이 들어서 망설이고 있어."

실업자가 되는 마당에 여행까지 간다고? 역시 젊음이 좋기는 좋은가 보다. 넘어진 김에 쉬어갈 수 있으니까. 이런 생각을 하고 있는데 도린이 실업수당 이야기를 꺼냈다.

다시 직장을 구할 때까지 넉넉잡고 1년 동안 지금 받는 월급과 비슷한 액수의 실업수당을 받을 수 있으니까, 실업자가 되어도 1년은 버틸 수 있단다. 게다가 다시 직장을 찾을 수 있도록 정부에서 이런저런 도움을 줄 거란다. 역시 믿는 데가 있었다. 프리랜서로 일한 나는 우리나라의 실업급여에 대해 잘 모른다. 하지만 10년 이상 근무한 근로자들도 최대 8개월까지만 실업급여를 받을 수 있다고 들었다. 그런데 1년 6개월간 회사를 다닌 도린이 1년 치 실업급여를 받을 수 있다니, 프랑스 노동 현실은 우리보다 천국이다.

"어디나 사람 사는 건 비슷하다지만, 나는 프랑스 여자들 때문에 스트레스를 많이 받아. 왜 그렇게 복잡하고 예민한지 모르겠어."

간호사인 제니가 병원에서 같이 일하는 프랑스 여자들 때문에 스트레스를 받은 이야기를 꺼냈다.

프랑스 여자들 성격이 복잡하고 예민하다니? 사람 성격이야 다 제각각인데, 그게 국적에 따라 달라질까? 예민한 성격은 우리나라에도, 영국에도, 미국에도, 독일에도, 그리고 프랑스에도 다 있는 게 아닐까? 그런데 이런 내 생각과 달리 도린과 델리나도 제니의 말에 공감하며 프랑스 여자 흉을 보기 시작했다.

수다는 언제나 즐거워

　　　"정말? 정말로 프랑스 여자들이 복잡하고 예민하다고 생각해?"

"그렇다니까. 내 남자친구도 그런 말을 했어. 내 성격이 프랑스 여자들과 달리 단순 심플해서 좋다고. 도린, 안토니도 너한테 그런 말을 했지?"

"맞아. 프랑스 여자들처럼 꼬치꼬치 트집 잡지 않고, 복잡하게 생각하지 않아서 편하고 좋다는 말을 여러 번 했어. 제니, 네 남편도 그런 말을 하니?"

"응. 그리고 프랑스 여자들 성격 예민하고 복잡한 건 내가 진 저리나게 겪어봐서 잘 알아."

그러고 보니 '프랑스 영화' 수업을 수강할 때도 이런 이야기를 들은 것 같다. 영화 〈웰컴 투 슈티〉를 볼 때였는데, 교수는 주인 공 필립의 부인 쥴리가 남편에게 신경질을 부리는 부분에서 화면을 정지시킨 뒤, 남프랑스 여자들의 전형적인 성격과 특성을 설명해주었다.

마르세유 출신인 담당 교수는 그 누구보다 예민한 남프랑스 여자들의 성격을 잘 알고 있었다. 아마도 생각이 많고, 영혼이 자유로운 프랑스 사람들이라 성격도 예민하고 복잡한가 보다. 그래서 예술가들이 많은지도 모르겠다.

하여간, 나는 국적을 막론하고 예민하고 변덕스러운 성격은 마음에 안 든다. 초록은 동색이라고 내 친구들도 나랑 비슷한 스타일이라 변덕쟁이와 예민쟁이를 싫어하나 보다.

난데없이 프랑스 여자들 흉을 보았더니 미안한 마음이 들었 다. 우리는 약속이라도 한 듯 이번에는 프랑스 여자 칭찬 릴레 이를 벌였다. 미국, 영국, 독일에는 뚱뚱한 여자가 수두룩한데 프랑스 여자들은 거의가 날씬하고 예쁘다는 말이 많이 나왔 다. 정말 프랑스 여자들은 세계가 주목할 만큼 예쁘고 날씬하 고 패셔너블하다.

"프랑스 여자들만 예쁜 게 아니야. 한국 여자들도 정말 예쁘고 날씬하더라."

도린과 제니가 갑자기 칭찬의 화살을 우리나라로 돌렸다. 하긴, 독일이나 영국 여성보다 우리나라 여성들이 더 예쁘다. 우리나라 여성들의 외모관리와 패션센스의 수준도 세계적이니까. 선옥 씨와 나는 어깨가 으쓱해져 우리나라 여성들이 얼마나 예쁜지, 얼마나 세련되었는지 자랑을 늘어놓기 시작했다. 거실 창으로 쏟아져 들어오는 겨울 햇볕이 따뜻하다. 12월 중순인데도 햇볕이 건강하다. 그 속에서 우리들의 이야기는 더 깊어간다.

이번 크리스마스도 오늘처럼 포근하고 행복할 것 같다.

우리들의 베르그 씨
Provence Letter #27

베르그 씨를 처음 만난 건 4년 전 가을이었다. 그때, 나와 남편
은 40일 간의 고군분투 끝에 어렵사리 살집을 구하고 막 입주
를 마친 상태였다. 당연히 모든 게 서먹서먹했고 매사가 어리
바리했다. 쓰레기를 어디다 버리는지 몰랐고, 아파트 현관으로
들어오는 열쇠를 돌리는 방법도 서툴렀다.

동에 번쩍, 서에 번쩍

이사하고 난 첫 주말, 아침을 먹자마자 집 근처를 둘
러보겠다며 나갔던 남편이 다급하게 현관 벨을 눌렀다. 현관
열쇠를 아무리 돌려도 문이 열리지 않는다는 거였다. 나는 집
에서 현관문을 여는 방법을 몰라, 급하게 집 안에서 입던 옷 그
대로 머리에 헤어롤을 잔뜩 한 채 서둘러 1층으로 내려갔다.
이런 내 모습은 남편 외에는 절대로 남에게 공개할 수 없는 상

태였다. 행여 누가 볼 새라 조마조마해 하면서 현관으로 가는데, 등 뒤에서 "봉주르 마담!" 하는 목소리가 들렸다. 헉!

그렇게 베르그 씨를 만났다. 큰 키에 안경을 쓴 그는 당황해서 어쩔 줄 모르는 내게 뚜벅뚜벅 다가오더니 웃는 얼굴로 인사를 했다. 그리고 현관문을 손수 열고, 남편에게 반갑게 악수를 청했다.

"현관문은 이렇게 손목에 힘을 빼고 열쇠를 살짝 왼쪽으로 돌려야 열립니다."

그는 우리의 문제를 다 알고 있다는 듯, 자상하게 현관문을 여는 방법을 알려주더니 직접 해보라며 연습까지 시켰다. 그때 우리 부부는 프랑스어를 못 했고 그의 영어는 터무니없이 짧았지만, 의사소통에 큰 문제는 없었다.

그는 우리를 지하 주차장으로 데려가, 쓰레기를 버리는 장소도 알려주었다. 아파트 입구에 있는 분리수거함에 쓰레기를 버린 범인이 나라는 것을 알고 있었고, 왜 그곳에 쓰레기를 버릴 수밖에 없었는지 이해하고 있었다.

아주 잠깐이었지만 그와 이야기를 나누며 우리는 그의 활달하고 명랑한 천성을 느낄 수 있었다. 그는 같이 있으면 저절로 즐거워지는 사람이었다.

그의 직업은 관리인. 내가 사는 아파트의 청소부터 정원 관리까지 온갖 허드렛일을 한다. 하지만 그보다 더 적합한 직업은 해결사다. 그는 정말 우리 아파트에서 없어서는 안 될 사람이다.

사진 촬영에 흔쾌히 응해준 '슈퍼맨'

베르그 씨,
오늘도 안녕하세요

아침 시장을 다녀오는 할머니들의 장바구니를 들어주는 일부터 거동이 불편한 노인을 주차장에서 집까지 모셔다 드리는 일까지 동에 번쩍 서에 번쩍 하면서 모든 일을 처리하고 다닌다.

한번은 앞집 할머니가 집 안에서 크게 넘어진 적이 있었다. 문은 닫혀 있고, 할머니는 다쳐서 일어나지도 못하는 상황이었다. 그때 우리 집 베란다를 통해 앞집으로 넘어가 할머니를 구한 사람도 그였다.

이런 일을 누가 시켜서 하는 것이 아니다. 자신이 원해 즐거운 마음으로 하고 있다. 그가 언제부터 우리 아파트에서 일했는지 모르지만, 아파트의 역사와 주민들의 일상을 모두 알고 있는 것을 보면 우리 아파트의 산증인이 아닐까 싶다.

그의 직업은 객관적으로 보았을 때 어렵고 힘들고 하찮다. 그런데 그는 일할 때마다 항상 휘파람을 불거나 콧노래를 부른다. 쓰레기통을 치우다가도 지나가는 주민과 살갑게 인사를 나누고, 재미있는 농담을 건넨다.

허드렛일을 항상 즐거운 마음으로 하는 그를 보면 저절로 기분이 좋아진다. 내 자신을 돌아보게도 된다.

그를 보면 하루가 즐겁다

남편은 그와 죽이 잘 맞았다. 두 사람 모두 천진난만하고 장난스러운 면이 있어서 그런가 보다. 만날 때마다 경쾌한 웃음과 농담을 주고받는다. 아주 기초적인 영어밖에 모르는 그와 프랑스어라면 봉주르밖에 모르는 남편은 신기하게도 말이 잘 통한다. 가끔 내가 통역해주지만, 대부분은 보디랭귀지를 동원해가며 통역이 무색할 정도로 즐겁게 대화를 나눈다.

그는 열심히 프랑스어를 배우러 다니는 나를 고마워했다. 내가 프랑스어를 잘하면 그만큼 그의 일이 편해질 테니까. 그는 외국어 공부에 게으른 프랑스 사람들을 대표해 감사의 뜻을 전한다는 농담도 하고, 나날이 늘어가는 내 프랑스어 실력에 감탄도 해주었다.

어느 날은 아침 일찍 학교 가는 길에 그에게 장미꽃을 받기도 했다. 정원을 손질하다가 미리 잘라 놓은 꽃이었다. 프랑스어를 열심히 공부해줘서 고맙다는 뜻이란다.

서툴지만 그래서 더 따뜻한

프랑스에는 크리스마스를 앞두고 소방관이나 청소부 들에게 약간의 돈을 주는 풍습이 있다. 연초에는 아파트 관리인처럼 힘든 일을 하는 사람에게 덕담과 함께 선물이나 돈을 주는 문화도 있다. 소방관이나 청소부 들은 크리스마스를 앞두고 의례적으로 집집마다 돈을 받으러 다니기에 이런 풍습을 알고 있었지만, 연초의 풍습은 얼마 전에야 알게 되었다.

순간, 그동안 그에게 빚을 진 것처럼 미안해졌다. 마음 같아서는 약간의 돈이라도 봉투에 넣어 전해주고 싶지만 쑥스러웠다. 돈 싫다는 사람은 없겠지만 불쑥 봉투를 내밀 일이 난감했다. 외국인인 우리까지 이런 풍습에 동참한다며 그의 자존심을 상하게 하면 어쩌나 하는 걱정이 앞섰다.

그래서 궁리 끝에 한국에서 가져온 구운 김 세트를 선물했다. 음식에 대한 호기심이 강한 프랑스 사람에게 우리 음식을 소개하는 의미도 있었다.

구운 김은 1년에 한 번, 한국에서 일용할 양식을 공수해오는, 우리에게 아주 귀한 음식이다. 귀한 것을 선물하는 나 역시 기뻤다. 그는 즉석에서 김을 맛보더니 정말 맛있다며 환호했다. 그에게 꼭 밥을 지어 함께 먹으라고 당부하고 돌아서는 나도 덩달아 기분이 좋아졌다.

그리고 오늘 아침, 그가 우리 집 벨을 눌렀다. 문을 열자, 그가 쑥스러운 표정을 지으며 작은 카드를 내밀었다. 그는 감사의 마음을 전하고 싶었다는 말을 남기고 부끄러운 듯 후다닥 계단을 내려갔다. 카드에는 영어와 프랑스어로 쓴 감사의 인사가 적혀 있었다.

영어로 된 글은 프랑스어를 모르는 남편을 위한 것이었다.

"새해를 맞아 저를 아껴주시는 마음을 알게 되어 기쁩니다. 감사드려요. 감동적인 선물도 고맙습니다. 복 많이 받으세요. 올해도 건강하게 하시는 일 모두 이루세요. 어여쁜 마음에 다시 한 번 감사드립니다."

그의 카드를 읽으며 가슴이 뭉클해졌다. 특히 그에게 버거웠을

영어 편지가 내 마음을 촉촉하게 적셨다. 그의 따뜻한 마음이
그대로 담겨 있는 카드는 타국살이를 하는 내게 힘을 주었다.

무슈 베르그,

그는 우리 부부에게 친절하고 명랑한 프랑스 사람의 대명사다.

집안일은 누구 몫이지

오늘은 '금요일의 영화' 모임이 있는 날이다. 이름처럼 금요일에 모여 영화를 보고, 차를 마시면서 영화 이야기를 나누는 시간이다. 모임 대표가 선정한 오늘의 영화는 〈여인의 샘〉.

그녀들이 들고일어난 이유

〈여인의 샘〉은 북아프리카 깊은 산골 마을을 배경으로 한 프랑스 영화다. 영화는 산꼭대기에 있는 샘으로 물을 뜨러 가는 여인들의 험난한 하루로 시작된다. 여인들이 제 몸보다 큰 물동이를 이고 지고 가파른 산을 오르는 시간, 마을 남자들은 카페에 앉아 차를 마신다. 이슬람 국가에서 흔히 볼 수 있는 풍경이다.

결국, 물동이를 지고 산을 내려오던 임산부가 넘어지면서 유산하는 사고를 당한다. 아이를 잃은 여인의 아픔에 마을 여인

204

들은 함께 눈물을 흘리면서도 이런 부당한 현실을 운명으로 받아들인다. 옛날에도 그랬으니까.

영화 〈여인의 샘〉 중에서

〈여인의 샘〉을 보는 내내
불편한 진실과 마주하느라
마음이 무겁기만 했다

그러나 갓 결혼한 새댁 라일라는 더 이상 이렇게 살 수 없다며 마을 여인들을 선동한다. 남자들이 힘만 쓰면 산꼭대기에 있는 샘을 마을로 끌어올 수 있을 거라며, 샘이 마을로 들어올 때까지 파업하자고 부추긴다. 이슬람 국가에서 힘없는 여성들이 할 수 있는 파업이 무엇이겠는가? 그들은 '사랑파업'이라는 이름으로 자신들의 요구가 이루어질 때까지 남편과의 잠자리를 거부한다. 당연히 라일라가 주동한 파업은 난관에 부딪히고 만다.

'남자는 놀고 여자가 일하는 것이 마을의 전통'이라고 믿는 어머니 세대는 파업을 주도하는 그녀를 못살게 굴고, 남편들은 사랑파업을 무시하면서, 잠자리를 거부하는 아내를 마구 때린다. 다행히 라일라의 남편은 그녀의 뜻을 잘 받아주었고, 동분서주하며 샘을 파는 일을 도와줄 관청을 찾아다닌다.

파업에 합세하는 여인들이 점점 늘어나고, 마침내 그녀들은 파업의 목적을 달성하게 된다. 마을 여인들의 요구가 언론에까지 알려지면서 산 위에 있는 샘을 마을까지 끌어오는 공사를 하게 된 것이다. 사랑파업에 성공한 그녀들은 기쁨의 노래를 부른다. 여자들의 샘은, 여자들의 진정한 샘물은 바로 사랑이라고.

영화가 끝나고 우리는 영화관 근처에 있는 카페 레오 포드에서 차를 마시며 뒤풀이를 했다. 당연히 이야기의 주제는 '여성의 일과 지위'에 관한 것이었다. 나를 비롯한 멤버들의 얼굴이 다소 상기되어 있었다. 영화를 보는 내내 남성우월주의를 내세우는 이슬람 문화 때문에 스트레스를 받은 것 같았다.

나는 이슬람 문화를 잘 모른다. 아랍인에 대한 선입견이나 반감도 없었다. 그런데 프로방스에 살기 시작하면서 아랍계와 프랑스 사람들의 불편한 관계를 지켜보았고, 이슬람에 대한 약간의 편견을 갖게 되었다. 다른 건 그렇다고 해도 여성을 차별하고 억압하는 문화는 정말 마음에 들지 않았다.

영화를 보고 난 느낌을 이야기하다 보니 자연스럽게 남녀의 가사 분담으로 주제가 넘어갔다. 수많은 맞벌이 주부들이 분통해하는 부분이다.

나 역시 맞벌이주부였다. 프리랜서 방송작가라 규칙적으로 출퇴근하지는 않았으나, 일이 많을 때는 정말 눈물 나게 바빴다. 그런데 우리 부부에게는 가사 분담이라는 개념조차 없었다. 남편보다 시간이 자유로우니까, 수입이 적으니까 자연스럽게 모든 집안일이 내 몫이 되었던 것 같다.

덧붙이자면, 아들을 애지중지 사랑하시던 시어머님의 영향도

컸다. 어머님은 바쁜 나를 대신해 이런저런 일을 많이 도와주셨는데, 그 이유는 단 한 가지였다. 내가 귀한 어머님의 아들을 부려먹을까 싶어 남편 몫의 일을 대신 해주셨던 거다.

어쨌든 남편은 자신이 좋아하는 영역, 쇼핑이나 아이 보는 일은 도와주었지만 나머지 일은 강 건너 불구경 하듯 하면서 편안하게 지냈다. 40대 후반이 되어서야 겨우 청소를 도와주기 시작했는데, 이렇게 일취월장한 남편을 보며 나는 완전 감동했다.

이 시대의 '라일라'를 위하여

여기서 문제가 생긴다. 남자들은 집안일을 하면서 늘 아내의 일을 도와준다고 생각한다. 원래는 아내가 해야 할 일인데, 특별히 아주 특별히 인심 쓰듯 도와준다고 여기는 것이다. 이는 동서를 막론하고 국경을 초월하나 보다. 프랑스 남자들도 맞벌이하는 아내 탓에 집안일을 하고 있지만 그 일은 자신의 일이 아니라 아내의 일을 돕는 거라고 생각한다는 것이다.

"나는 지금까지 집안일을 내 일이라고 생각하는 남자는 한 명도 못 봤어."

온화한 인상의 헤린느가 잔뜩 흥분한 목소리로 말했다. 그녀의 남편도, 심지어 장가 간 그녀의 아들도 집안일을 할 때는 늘 아내의 일을 돕는다고 생각하면서 온갖 생색을 다 낸단다.

그렇다. 나도 지금까지 집안일을 내 일이라고 생각하는 우리나라 남자를 한 명도 보지 못했다.

그녀가 이건 뭔가 잘못되어도 한참 잘못된 일이라며 분통을 터트리자 너도나도 동조했다. 아무리 프랑스 남자들이 집안일을 잘 도와준다고 해도 맞벌이주부 입장에서는 불만이 많은가 보다. 한국이나 프랑스나 집안일에 있어서 남편들은 정말 못 말리는 존재다.

언제쯤이면 맞벌이부부의 집안일 평등시대가 찾아올까?

그래도 다행인건 요즘 젊은 부부들은 우리 세대보다 가사 분담이 잘 되고 있다는 점이다. 이렇게 변화의 바람이 불다 보면 언젠가는 남편들도 맞벌이하는 아내를 위해 집안일을 하는 것이 아니라, 맞벌이를 하니까 당연히 집안일도 맞들어 해야 한다고 생각할 것이다.

꼭 그렇게 될 거라고 믿는다.

여자들이여, 즐겨라
Provence Letter #29

매년 1월과 7월. 프랑스 사람들은 지갑을 열 준비를 한다. 알뜰 주부들은 미리미리 살 물건의 목록을 적어 놓고, 목 빠지게 그 날을 기다린다. 그날은 바로 1년에 두 번 있는 세일 날. 소비자 나 판매자 모두에게 축제 같은 날이다.

세일이 나를 자유롭게 하리니

프로방스에 둥지를 튼 지 올해로 3년. 그동안 여섯 번의 세일을 만났고, 세일에 대처하는 현명한 자세도 알았다. 꼭 필요한 물건이 있으면 세일 첫날부터 출동해야 하지만, 그렇지 않다면 마지막 세일까지 느긋하게 기다려야 돈을 벌 수 있다는 것도 알게 되었다. 쇼핑하면서 어떻게 돈을 벌 수 있냐고? 간단하다.

평소 사고 싶었던 10만원짜리 옷을 세일기간까지 사지 말고 기다려라. 그 옷이 세일 첫 주에는 50퍼센트 할인되어 5만원이 된다. 세일 덕에 5만원을 절약했으니 그만큼 돈을 번 셈이다. 둘째 주에는 60퍼센트 할인하니 6만원을 벌고, 셋째 주부터 마지막까지는 70퍼센트에서 90퍼센트까지 할인받아 3만원이나 만원에 살 수 있으니 최대 9만원까지 절약하는 거다. 그래서 프랑스에서 세일은 돈을 쓰면서 돈을 버는 방법이라고 한다.

어차피 인간은 소비적인 동물이다. 소비를 해야 경제도 돌아간다. 기왕 소비를 할 거면 소비자는 싼 값에 물건을 사서 좋고, 생산자는 물건이 재고로 남지 않아 좋은 것이 바로 세일이다. 이런 세일의 매력 때문에 프랑스에서는 절대로 옷을 사지 않겠다던, 내 굳은 맹세가 물거품이 되기도 했다.

프로방스로 오면서 짐정리를 한답시고 옷을 많이 버렸다. 이러다가 벌 받지 싶을 정도였다. 그래서 다시는 쓸데없이 옷을 사지 않겠다고 다짐에 다짐을 했다. 그런데 세일이 시작되고 옷 가격이 반값으로, 며칠이 지나서는 70 내지 80퍼센트로 떨어지자 조바심이 일기 시작했다.

얼마 전까지 매장에 버젓이 걸려 있던 정품 옷의 가격이 반값으로, 5분의 1 값으로 뚝뚝 떨어지는데, 쇼핑을 안 한다면 바보 소리를 들을 것 같았다. 세일할 때 물건을 싸게 사서 쓰는 프랑스 사람들의 지혜를 배워야 할 것도 같았다. 그래서 나는 '세일 쇼핑은 곧 돈을 버는 일이라'는 논리를 내세우며 세일의 유혹 속으로 빠져들었다.

그래서 나는 세일을 즐긴다

　　세일 쇼핑은 좋은 점이 많다. 우선, 여자들의 우정이 돈독해진다. 갈수록 태산, 이건 또 무슨 말이냐고? 여자들은 안다. 함께 쇼핑할 친구가 삶을 얼마나 행복하게 해주는지. 내 쇼핑 친구는 단짝 선옥 씨와 제니. 우리는 해마다 세일 시즌이 오면 각자 적어 두었던 쇼핑리스트를 이야기하며 부지런히 세일정보를 교환한다. 어떤 매장에서 어떤 물건을 사는 것이 경제적인지, 어떤 제품의 질이 좋은지 수다를 떨면서 시장조사를 한다. 이렇게 얻은 정보로 보다 싼 값에 품질 좋은 물건을 구입하면서 서로에게 고마움을 전하고 있다. 오가는 세일정보 속에서 우정이 더 돈독해지는 셈이다.

세일 쇼핑은 기분전환에도 최고다. 지름신이 강림해 물건을 살 때의 짜릿하고 통쾌한 느낌은 누구나 알 것이다. 문제는 비용. 스트레스를 푼다고 마구 물건을 사다 보면 경제적인 타격이 크겠지만, 앞에서 언급했듯이 세일 쇼핑은 아주 경제적이라서 부담도 없이 스트레스를 해소할 수 있다.

작년 여름이었던가, 선옥 씨와 나는 세일 마지막 날, 양손 가득 쇼핑백을 들고 입이 귀에 걸릴 정도로 좋아서 깔깔거린 적이 있었다. 그때 우리가 쓴 돈은 일인당 60유로, 우리 돈으로 9만 원 정도였다. 원래 가격의 10분의 1 값으로 좋은 물건을 잔뜩 사고, 얼마나 뿌듯했는지 모른다.

📷 세일 기간의 부티크들

매년 1월과 7월, 여자들은 물론이고
프랑스 전체가 행복해진다

그밖에 쇼핑은 운동 효과도 굉장하다. 쇼핑몰을 몇 바퀴만 돌
아도 운동량이 상당하다고 들었다. 그런데 내가 사는 동네, 엑
상프로방스에서의 쇼핑은 운동을 넘어 중노동 수준이다. 부티
크들이 백화점이나 쇼핑몰에 몰려 있는 게 아니라 구시가지
전체에 골고루 퍼져 있어서 쇼핑을 하려면 이 거리에서 저 거
리로, 이 골목에서 저 골목으로 빨빨거리고 돌아다녀야 한다.
아무리 엑상프로방스가 작은 도시라지만 하루에 수많은 매
장을 돌아보는 일은 불가능할 정도다. 하루 종일 서서 물건을

고르고, 다리가 아프도록 돌아다니며 쇼핑하는 일은 스포츠
센터에서 운동하는 것보다 더 힘들고 운동량도 훨씬 많다. 그
래서 세일 쇼핑을 하다 보면 저절로 다이어트가 되기도 한다.

"이때가 아니면 언제 사"

세일 쇼핑은 행복감도 느끼게 해준다. 내 친구 제니
는 쇼핑을 다닐 때마다 함박웃음을 지으며 행복해 죽겠다는
멘트를 날린다. 내 팔짱을 꽉 끼면서 "지금 이 순간에 네가 있
어서 얼마나 행복한지 몰라" 하는 말을 열 번도 넘게 한다. 별
것도 아닌 일에 감동도 잘 한다 싶을 정도다.

하여간 나는 제니와 세일 시즌마다 부티크를 돌아다니며 쇼핑
을 즐긴다. 그녀 덕분에 쇼핑의 폭도 넓어졌다. 스무 살이나 어
린 친구와 쇼핑을 다니다 보니 평소에는 그냥 지나치던 젊은
취향의 매장에서 뜻밖의 물건을 발견하기도 한다. 두세 시간
쯤 부티크들을 돌아다녀도 1유로짜리 물건 하나 못 살 때도 많
다. 그래도 좋다. 우리가 함께 세일 쇼핑을 하며 행복해 하는
것이 더 중요하니까.

마지막으로, 세일 쇼핑은 경제를 살린다는 소박한 자신감도
갖게 해준다. 변명 같지만 정말로 세일 쇼핑은 알뜰살뜰하게
가정경제를 돕고 있다. 간혹 세일을 빙자해 충동구매를 할 때
도 있지만, 대부분은 꼭 필요한 물건을 싼 값에 사서 가계부를

기쁘게 해준다. 세일기간 중에 가족이나 친구들의 선물을 사서 선물 비용의 50퍼센트를 절약할 수 있었고, 세일할 때만 옷을 사다 보니 우리나라에서보다 훨씬 싼값에 옷을 사 입었다.

이번 겨울 세일에서도 수확이 많았다. 내가 세일기간에 부지런히 쇼핑해서 절약을 많이 했다고 뻐기자, 남편이 기막히다는 표정을 짓는다. 내가 너무 억지를 부렸나? 그래도 더 억지 논리를 편다.

나는 세계경제의 원활한 흐름을 위해 쇼핑을 한 거고, 100유로짜리를 30유로에 샀으니 70유로만큼 우리 가정 경제에 보탬이 된 거라고. 남편이 황당한 표정으로 한마디 한다.

"그렇게 가정경제에 보탬이 되고 싶으면 천 유로짜리를 300유로에 사오지 그러셔?"

정말 그래도 될까? 소심한 소비자, 내 귀가 갑자기 솔깃해진다.

여 행 편 지

내 안 의
파 랑 새 를
찾 아 서

생트마리 드라메르 교회 지붕에서 바라본 지중해와 프로방스 집들.
지금 이곳은 주황색과 코발트 블루의 향연이다.

02, 03, 04 | 프로방스 마을의 장터 풍경
05 | 루시용의 붉은 황토길과 골목길
01, 06 | 지중해를 품은 바닷가 마을은 어느 곳이든 수채화가 된다.

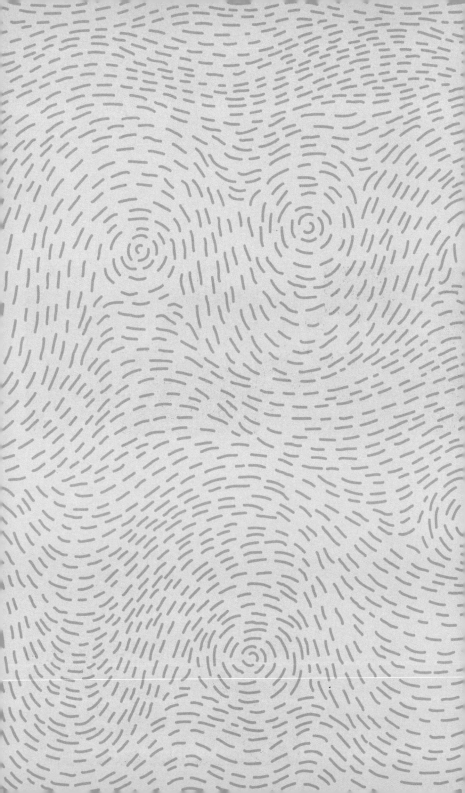

프로방스 라벤더를 만나다
Provence Letter #30

보랏빛 라벤더의 계절이 돌아왔다. 향긋한 라벤더 향기가 바람에 실려 오기 시작하면 나는 바람이 잔뜩 든 아이처럼 꽃구경을 가고 싶어 안달을 한다. 올해는 어디로 갈까? 관광정보센터에서 나눠준 라벤더 지도를 펴고 프로방스 구석구석을 둘러본다.

라벤더를 만나러 갔던 코스, 프랑스에서 가장 아름답기로 소문난 고르드 마을을 거쳐 세낭크수도원을 찾아갔던 루트가 제일 먼저 눈에 띈다.

라벤더를 만나러 가는 길

작년 6월 마지막 주말, 남편을 앞세우고 고르드 마을 근처로 라벤더 꽃 구경을 갔다. 루베롱 산에 있는 마을 고르드가 보랏빛 라벤더와 어우러질 모습을 상상하면서. 그런데 이

게 웬일? 분명히 6월 말에서 7월 초에 라벤더 꽃이 만개한다고 들었는데 현실은 달랐다. 아직 꽃망울을 터트리지 못한 라벤더 꽃들이 부끄러운 듯이 고개를 숙이고 있었다.

라벤더 꽃밭을 구경하겠다고 아슬아슬한 낭떠러지 산길을 넘었던 우리는 배신감 같은 허망함을 안고 수도원을 서성이다 돌아왔다.

올해는 날씨가 좋아 예년보다 꽃소식이 빠르단다. 그래도 혹시 작년과 같은 실수를 되풀이하지 않을까 걱정되어 7월 첫 주로 디데이를 잡았다.

드디어 오늘, 우리는 라벤더 꽃밭을 보고야 말겠다는 역사적 사명을 안고 집을 나섰다. 오늘의 꽃구경 코스는 라벤더 마을, 발랑솔. 우리 집에서 자동차로 두 시간을 가야 한다.

프로방스 햇살이 눈부시게 뜨겁다. 현재 기온은 35도. 햇살 사이로 누렇게 익어가는 밀밭이 탐스럽다. 여기저기 추수를 한 곳도 있다. 라벤더를 만나러 가는 길에서, 나는 끝없이 이어지는 포도밭과 밀밭을 바라보았다.

일렬로 늘어선 포도나무에는 손톱 크기만한 포도 알들이 주렁주렁 달려 있다. 햇볕이 점점 뜨거워졌다.

이렇게 얼마를 달렸을까? 갑자기 불쑥 파도가 밀려오듯 보라색 꽃물결이 나타났다. 차창을 열자 바람에 은은하게 꽃향기가 날렸다. 차를 세우고 라벤더 꽃밭으로 다가갔다.

끝도 없이 황홀하게 이어지는 라벤더 꽃밭을 바라보는데, 감

탄사가 신음처럼 흘러나왔다. 보라색 꽃물결에 발을 담그고
싶지만 선뜻 꽃밭으로 들어서지 못했다. 라벤더 밭을 이미 차
지한 꿀벌들이 잔뜩 텃세를 부리고 있었다.

라벤더 향 가득한 마을에서

라벤더 꽃밭을 달려 발랑솔에 도착했다. 언덕을 따라
자리를 잡은 소박한 마을이다. 주차장에 차를 세우고 천천히
마을을 돌아다녔다. 마을 입구에 있는 분수와 빨래터의 풍경
이 활기차 보였다. 마을의 집들은 거의가 낡고 오래되었다. 군
데군데 칠이 벗겨지고 돌흙이 떨어져 나간 곳도 보였다.
그래도 사람들은 정갈하게 마을을 간직하고 있다. 집집마다
꽃 화분을 매달고, 파스텔 톤으로 덧문을 칠하며 치장하느라
열심이다. 짙은 화장으로 세월이 만들어 놓은 주름살을 감추
려는 중년 여자 같다. 서글프지만 애틋해 더 정이 간다.

발랑솔은 인구가 3천명도 되지 않는 아주 작은 마을이다. 마을
풍경이 빼어나게 아름답지도, 마을 출신 유명인사가 있는 것
도 아니다. 그런데 해마다 여름이면 이 마을은 전 세계에서 찾
아오는 관광객들로 북적인다. 라벤더 때문이다.
프로방스의 보물, 라벤더는 발랑솔 사람들에게 최고의 관광상
품이다. 라벤더 덕분에 농부들은 부자가 되었고, 꽃구경을 오
는 관광객이 늘어나면서 마을 사람들의 삶이 더 풍족해졌다.

라벤더 꽃이 만개하는 7월 중순에는 마을에서 성대한 축제가 열린다. 프로방스 전통의상을 입은 마을 사람들이 퍼레이드를 벌이며 라벤더 꽃다발을 나누어주는 흥겨운 축제다.

라벤더축제를 끝으로 라벤더의 물결은 사라진다. 추수가 시작되고, 더 이상 라벤더 꽃밭을 만날 수 없다. 섭섭하지만 할 수 없다. 그것이 라벤더의 운명이니까.

📷 라벤더 제품을 파는 부티크

입구에 놓인 라벤더 부케에서 꽃향기가 피어오른다
보랏빛 라벤더들이 시선을 유혹한다

대신 베어낸 라벤더 꽃은 다양한 제품으로 다시 태어난다. 말린 라벤더 꽃은 훌륭한 탈취제나 방향제가 되고, 벌레를 퇴치하는 자연방충제로 쓰인다. 라벤더 꽃을 천연 가공한 제품도 많다. 라벤더 오일·라벤더 향수·라벤더 비누와 샴푸 같은 목욕용품도 있고, 라벤더 스킨과 로션 같은 화장품도 많다. 라벤더는 귀한 먹을거리도 된다. 꿀, 와인, 잼, 사탕도 아주 맛있다. 모두 보랏빛 향기가 가득한 라벤더 제품들이다.

발랑솔을 지나자 또 다른 라벤더 꽃밭이 이어졌다. 더 이상 참지 못하겠다. 우리는 보라색 물감을 풀어놓은 것 같은 라벤더 꽃밭으로 풍덩 빠져들었다. 윙윙거리는 꿀벌의 위협에도 굴하지 않고 라벤더 꽃길을 천천히 거닐다가 주위를 둘러보았다. 물씬한 라벤더 향기에 마음이 편안해진다. 은은하게 퍼지는 향기다.

바람 부는 날의 레보드프로방스

Provence Letter #31

레보드프로방스로 가는 길, 차창 밖으로 평화로운 풍경이 지나간다.

따뜻한 햇볕 속에서 키 작은 포도나무들은 파릇파릇 새잎을 날리며 손짓하고, 키 큰 사이프러스 나무들은 설렁설렁 춤을 추고 있다. 그때는 몰랐다. 사이프러스의 춤이 무엇을 의미하는지.

미스트랄을 헤치고

끝없이 이어지는 포도밭을 지나, 주차장에 도착해서야 사태의 심각성을 깨달았다. 지금 우리는 무차별 공격을 퍼붓는 바람, 미스트랄의 중심에 서 있었다. 이제껏 만난 미스트랄 중에서 가장 강력했다. 잘못하면 바람에 날아갈 것 같았다. 아비뇽의 거친 미스트랄은 상대도 안 된다. 화가 잔뜩 난 바람이 거친 숨을 몰아쉬었다.

심술궂은 바람을 뚫고, 중세시대에 번영을 누렸던 보 가문의 자취를 따라나섰다.

주차장을 나와 마을 입구로 들어섰다. 길 양옆으로 늘어선 예쁜 부티크들이 보였다. 아기자기하고 화려한 프로방스 기념품들에 취해 타박타박 언덕길을 오르다 보니 길이 두 갈래로 갈라졌다. 왼쪽 길은 폐허가 된 성채로, 오른쪽은 생 블레즈 예배당으로 가는 길이다.

먼저, 보 가문의 옛 성채로 발길을 옮겼다. 언덕 정상에 위치한 난공불락의 성은 폐허로 남아 있었다. 한때 80개 도시를 거느리며 남프랑스에서 최강의 세력을 떨치던 보 가문의 영광은 어디로 갔을까?

보 가문의 혈통은 14세기 말에 끊겼단다. 그 후 이 땅은 프로방스 공국과 프랑스왕국의 지배를 받았다. 그리고 1632년, 루이 13세에 의해 도시가 완전히 파괴되었단다. 한때 4천 명이 넘었던 인구는 이제 300명으로 줄었다.

옛날 보 가문의 영광을 추억하는 길은 쉽지 않았다. 태양이 넉넉한 웃음을 지었지만 사나운 미스트랄을 막아내지 못했다. 바람에 미친 듯이 흩날리는 스카프 자락을 휘감으며 보 가문의 옛 위용을 바라보았다.

석조 비둘기집 앞에 섰을 때, 바람의 세기는 최고조에 달했다. 거센 미스트랄에 시달리다 보니 보 가문의 영광을 추억할 여유조차 없었다. 바람을 피해 바위 밑에 숨었지만 이조차 소용 없었다.

바람은 피했을지 몰라도 햇살의 품을 벗어나자 체온이 떨어졌다. 와들와들 떨면서 생각했다. 사납고 못된 미스트랄이 성채를 파괴한 범인이 아닐까.

📷 미스트랄에 깎인 바위와 보 가문의 성채

미스트랄은 바위와 성채라고 비껴가지 않는다
그러나 바람을 뚫고 오르는 순간
그마저 그림이 된다

그래도 성채 위에서 바라보는 전망은 감동적이었다. 가슴이 툭 트였다. 끝없이 펼쳐진 올리브나무 사이사이, 군데군데 자리 잡은 흰 바위산들이 빚어내는 경치가 장관이었다.

그곳에는 모든 게 상품이다

성채를 떠나 마을로 내려왔다. 다행히 바람이 조금 잦아들었다. 고색창연한 마을은 전체가 유적지다. 작고 아기자기한 기념품 가게를 기웃거리다가 재미난 광경과 마주쳤다. 콧수염을 멋지게 기른 할아버지가 아기 띠로 정성스럽게 애완견을 안고 지나가고 있었다. 저절로 입가에 미소가 번졌다. 강아지가 다리 아프다고 떼를 썼을까? 아니면 강아지를 손주처럼 데리고 다니는 걸까?

한결 따뜻해진 마음으로 마을을 돌아보았다. 12세기 로마네스크 양식으로 지은 예배당, 생 블레즈로 들어섰다. 가로로 긴 형태가 특이했다. 작은 예배당을 증축하다 보니 이런 예배당이 탄생했단다.

점심을 먹으려고 카페 레스토랑을 찾았다. 레스토랑은 크고 화려한데 음식 맛은 그저 그랬다. 지난번에 갔던 레스토랑 음식도 별로였는데, 오늘도 망했다. 와인마저도 그저 그런 맛이라 실망이다.

사람들은 왜 프랑스 음식에 열광하는지 모르겠다. 왜 맛있는 우리 음식은 제대로 대접받지 못하는지 안타깝다.

커피를 마시고, 마을 외곽에 있는 카테드랄 디마주를 찾았다. 광대한 동굴 채석장 안에서 화려한 영상 갤러리 쇼가 펼쳐지는 곳. 버려진 옛날 채석장을 멋진 관광상품으로 부활시킨 곳이다.

이곳에서는 매년 테마를 정해, 1년 단위로 영상 전시회를 열고 있다. 올해의 주제는 호주. 작년과 재작년에는 피카소와 고흐 같은 대화가의 전시회가 있었다.

어두운 동굴 입구를 지나자 50대의 영사기로 비추는 사진과 비디오 전시가 현란하게 이어졌다. 호주의 자연과 원주민 사진들이 거대한 벽 위로 나타났다가 사라지기를 반복했다. 캥거루 몇 마리가 영상 속을 뛰어다닌다. 한참을 이렇게 전시장을 걸어 다녔다. 호주의 자연과 과거 속을 거니는 느낌이었다. 7.5유로나 낸 입장료가 아까워 더 머물고 싶었지만 다리가 슬슬 아파왔다.

레보드프로방스를 떠날 시간이다. 미스트랄은 자취를 감추었고, 마을은 다시 햇살 아래 반짝인다. 하지만 마을길은 희미해진 영광을 그리는 이들의 발길로 가득하다.

행복한 성곽도시 산책
Provence Letter #32

작년 봄, 지중해를 따라 서쪽으로, 서쪽으로 달리던 길. 아기자기하면서도 웅장한 에그모르트를 만났다. 론강이 지중해로 흘러드는 습지대에 떡하니 버티고 선 성곽도시와의 첫 만남. 가슴이 떨렸다.

홀리듯 주차를 하고 성안으로 들어섰다. 여행객들로 붐비는 마을 풍경에 놀랐다. 여기는 우리가 모르던 유명 관광지였다. 이른 봄 햇살 아래, 카페테라스에서 느긋하게 점심을 즐기는 사람들이 행복해 보였다. 천천히 성안을 걸었다. 고풍스럽고 활기찬 분위기가 왠지 좋았다.

그래서 오늘, 남편과 나는 향수병에 걸린 사람들처럼 다시 에그모르트를 찾아간다.

　　대부분 여행지는 첫인상이 가장 강렬하다. 두 번째, 세 번째 만남은 조금 편안하지만 가슴 뛰는 설렘이 없다. 그런데 이곳은 다르다. 두 번째 만남이 가슴을 더 뛰게 한다. 성문으로 들어섰다. 기념품 가게들이 줄줄이 서 있는 화려한 거리를 지나 루이왕의 동상이 있는 광장에 도착했다. 루이왕, 그는 카마르그 습지대 한가운데에 이 성곽도시를 세운 사람이다. 그는 이곳을 십자군 원정을 위한 항구로 삼았고, 14세기까지 이 도시는 번영을 누렸다고 한다. 하지만 바다와 연결된 수로에 토사가 쌓이면서 항구의 기능을 잃었고 퇴락하기 시작했다.

　　한때 인구가 1만 5천명이었던 이곳의 현재 인구는 6천 500여

📷 에그모르트를 이름난 항구 도시로 만든 루이왕

비록 항구 도시는 쇠락했지만
그의 영광은 도시 곳곳에 남아 있다

명. 마을 거리를 오가는 사람들 중에는 현지인보다 여행객이
더 많다.

마을 안은 예쁘고 아기자기하다. 우리는 마을을 감싸 안고 있
는 성곽을 따라 산책을 시작했다. 성곽을 따라 걷다가 성문을
통해 밖으로 나가기도 하고, 다시 안으로 들어오기를 반복하
면서 걷는 길이 흥미롭다. 마을길을 걸으며 현지인들의 삶을
엿보거나, 아기자기한 부티크를 구경하는 것도 재미있다. 그런
데 뭔가 밋밋하고 부족한 느낌이다.

성곽 위를 걷기로 했다. 마을길은 공짜지만 성곽 위를 걸으려
면 한 사람당 7유로를 내야 한다. 돈을 내고 길을 걷다니! 마음
에 안 들지만 부족한 느낌을 채우려면 어쩔 수 없다.

성곽으로 둘러싸인 도시 에그모르트 📷
멀리 유명한 카마르그
소금밭이 보인다

입장료를 산 후 성곽 위로 올라선 순간, 저절로 탄성이 흘러나왔다. 왜 성곽 길을 걷는 데 7유로나 받는지 알겠다. 눈앞에 펼쳐진 이 풍경은 입장료의 가치를 훨씬 넘어선다. 우리는 13세기에 세워진 콩스탕스 탑에 서서 하염없이 성곽도시를 바라보았다. 강물이 마을을 돌아 지중해로 고요하게 흘러드는 모습이 평화롭기만 하다.

성곽을 따라 이어지는 분홍빛

탑을 내려와 천천히 성곽 위를 걷기 시작했다. 직사각형으로 마을을 크게 감싸고 있는 성곽 길은 만만치 않은 거리였다. 기온은 33도. 쨍쨍한 프로방스의 태양이 성곽을 뜨겁게 달구고 있다.

그늘도 없는 성곽 길을 걸으며 잠시 후회했다. 여름은 걷기에 좋은 계절이 아니다. 더구나 이 성곽은 중간에 내려갈 수 있는 길도 없다. 힘들어도 출발점까지 한 바퀴를 다 돌아야만 한다. 성곽에서 바라보는 마을 풍경은 이런 모든 투덜거림을 훌훌 날려준다. 현지인들이 사는 집을 내려다보는 일도 걷는 재미를 더해준다.

성곽을 걷다 보니 유명한 카마르그 소금밭이 보였다. 거대한 산처럼 쌓인 소금더미 위에서 트랙터들이 오르락내리락하며 작업 중이다. 소금밭이 분홍빛으로 보이는 건 이곳에 살고 있는 분홍새우들 때문이란다.

성곽을 걷는 일은 생각보다 흥미롭다. 마을과 소금밭을 바라보는 것이 지루하다고 느껴질 때면 성문과 망루에 마련해놓은 전시관이 우리를 반겼다. 마을의 역사와 생활풍습을 전시해놓은 공간들도 있다.

이제, 마지막 성곽 길로 접어들었다. 이 길만 걸으면 성곽을 따라 걷는 것도 끝이다. 저기 보이는 탑까지 가면 성곽을 내려가는 길이 나온다. 그러고 보니 벌써 세 시간째 마을을 걸어 다녔

다. 다리는 뻐근하고, 뜨거운 햇볕에 온 몸이 축축 쳐진다.

그런데 지친 몸과 달리 마음은 아직도 기운이 펄펄 넘친다. 성곽을 한 바퀴 더 돌고 싶다고 아우성이다. 열정으로 가득한 마음을 내려놓고 성곽 길을 떠난다.

세상에서 가장 아름다운 골목길

"세상에서 가장 아름다운 골목길이 어딘지 알아? 궁금하면 알려줄게."

"골목길이 다 거기서 거기지 뭐. 별로 궁금하지 않거든."

남편과 나는 여행의 취향이 다르다. 내가 작고 아름다운 프로방스 마을을 좋아하는 것과 달리 남편은 유적지가 있는 도시를 선호한다. 그래서 내가 골목길이 아름다운 생 폴 드 방스로 놀러 가자고 옆구리를 쿡쿡 찔러도 들은 척도 하지 않았다. 이유는 단 하나. 내가 이미 친구들과 그곳을 다녀왔으니 다시 갈 필요가 없다는 거였다.

거칠지만 여리고 아기자기한

그 즈음, 파리에 사는 친구네 가족이 프로방스에 놀러왔다. 기회는 이때다. 나는 남편에게 친구네 가족과 생 폴 드 방스 구경을 가자고 했다. 참 집요하다. 남편은 졌다며 손을 들

볼수록 아기자기한 생 폴 드 방스의 골목길들

었다.

칸에서 친구네 가족을 픽업한 뒤 동북쪽 방향으로 한 시간 쯤 달려갔을까, 산꼭대기에 독수리 요새처럼 둥지를 틀고 앉아 있는 마을이 나타났다. 프로방스의 파란 하늘을 배경으로 당당하게 서 있는 마을, 생 폴 드 방스다. 겉보기는 남성적이고 거친 느낌이지만 속살은 한없이 여리고 아기자기한 곳이다.

마을은 입구부터 여행객들로 북적인다. 여기저기서 들리는 언어도 다양하다. 3년 전 봄날보다 사람들이 더 많다. 주차장도 만원사례. 주차비도 다른 도시들보다 비싸다. 겨우겨우 주차하고, 마을길을 걸어 14세기에 만들어진 방스의 문으로 들어선다. 문을 들어서자마자 곧바로 중세 마을로 순간이동을 한다. 그와 함께 세상에서 가장 아름답고 예술적인 산책길이 열린다.

닿는 곳마다 예술이 된다

마을의 메인 도로는 전망대까지 일자로 뻗어 있는 큰 길, 그랑드 거리. 길 양쪽으로 갤러리와 크고 작은 기념품 가게, 카페 들이 저마다 멋진 자태를 뽐내며 서 있다. 작고 앙증맞은 간판들도 하나같이 예술이다.

마을길을 따라 산책을 시작하던 내 시선이 자연스럽게 발밑으로 향한다. 조약돌로 심어 놓은 꽃들이 발아래에서 웃고 있다. 그 모습이 얼마나 정갈하고 아름다운지, 돌들을 밟을 때마다 툭툭 꽃향기가 터져 나올 것 같다.

길을 걷다가 고개를 돌리자 비탈진 언덕으로 구불구불 이어지는 계단이 보인다. 반들반들 윤이 나게 닦인 돌계단이 새색시처럼 단아하다. 중세시대부터 살았다는 마을이 구석구석 참 깨끗하다. 그 흔한 개똥도 보이지 않는다. 이 마을 주민들은 청소를 잘하는 유전자를 갖고 태어났나 보다.

생 폴 드 방스는 화랑이 많은 아트 갤러리 도시다. 명성처럼 갤러리의 수준도 아주 높다. 길을 따라 들어선 갤러리에 시선을 빼앗긴 탓에 산책이 점점 늘어진다. 아트 상품들이라 그런지 작은 기념품 하나도 다른 곳보다 비싸다. 그림 값도 엄청나다.

골목길 곳곳에 자리 잡은 갤러리들

갤러리들에 취해 길을 잃는다
발걸음이 저절로 느려진다

멋진 예술작품들을 눈으로 즐기는 것도 행복이라고 자위하며 마을을 돌아다닌다.

마을의 큰길을 따라 걷다 보니 이 마을의 명물, 대분수가 나온다. 1850년에 지어진 이 분수는 이름처럼 크지 않지만 아름답다. 분수 주변은 기념사진을 찍는 이들로 바글거린다. 우리도 그들 틈에 끼어 기념촬영을 하고, 언덕길로 접어든다.

샤갈의 그림처럼

눈을 돌리는 곳마다 오래된 돌집들이다. 예쁜 꽃나무와 화분으로 장식을 한 돌집에서 절제의 미가 느껴진다.

언덕길을 올라, 13세기에 지어진 생 폴 교회로 들어선다. 웅장한 돌로 지은 이 교회는 겉모습처럼 실내도 밝고 깨끗하다. 채광이 잘 된 교회가 자아내는 따스한 느낌에 마음이 차분해진다.

마을은 미로 같은 골목길이 얽혀 있다. 골목길의 표정도 다양하다. 마음을 사로잡는 골목길을 따라 걸으며 한눈을 팔다 보면 길을 잃고 헤매고 만다. 그래도 괜찮다. 눈앞에 펼쳐지는 멋진 마을 풍경에 저절로 행복해지니까.

드디어 마을의 가장 높은 곳, 전망대에 도착했다. 건너편 풍경을 바라보니 집집마다 수영장이 있는 프로방스메종들이 보인다. 시선을 돌리자 마을 공동묘지, 시미티에가 나타난다.

니스로 나가는 문을 지나 마을 공동묘지로 들어간다. 그렇게

풍다시옹 매그 미술관과 생 폴 드 방스 공동묘지 📷

'샤갈의 마을' 생 폴드 방스에서
예술가들은 꿈을 꾸고
샤갈은 그들의 꿈을 지켜본다

자유로운 공상과 풍부한 색채의 화가, 마르크 샤갈의 묘 앞에 선다.

1960년대 초, 노년의 샤갈은 이 마을로 이사 와서 마지막 예술 혼을 불태우며 생을 마무리했다. 반듯하고 정갈한 샤갈의 묘를 바라보며 환상적이고 화려한 그의 작품을 떠올린다. 죽어서도 아름다운 이 마을에 머물고 있는 샤갈은 참 행복한 사람이다.

마을의 내리막길로 들어선다. 시선이 멈추는 곳마다 아름다운 골목길이 이어진다. 300살 넘은 돌집들이 막 세수를 마친 얼굴처럼 말갛다. 이 길을 내려가면 이제 마을이 끝난다. 더 이상 아름다운 골목길을 못 만날 것 같은 아쉬움에 저절로 발걸음이 느려진다.

생트 보메, 한국이 그리워지는 곳

Provence Letter #34

프로방스의 풍경은 변함없다. 변치 않는 지조를 자랑하듯 사시사철 푸르다. 나무들 대부분이 침엽수라 겨울에도 프로방스에서는 초록빛 싱그러움이 느껴진다.

대신 프로방스의 가을은 심심하고 지루하다. 침엽수 사이로 노랗게 물든 나뭇잎 몇 개 보이는 것이 전부다. 그래서 해마다 가을이 오면, 가슴 시리도록 아름다운 우리나라 단풍이 그리워 몸살을 앓곤 했다.

그 가을날 그리고 늦은 봄

작년 가을, 우연처럼 우리나라의 가을 단풍을 만났다. 한국의 것처럼 화려하지 않았지만 프로방스에서 만나기 힘든 가을이었다. 가을 단풍을 발견한 곳은 생트 보메 산악지대.

행정구역상 부슈뒤론 지방과 바르 지방에 걸쳐 있는 이곳은 고도 1,148미터로, 프랑스 지중해 연안에서 가장 높은 산악지대다. 산세가 우리나라와 닮았고, 침엽수보다 활엽수가 많아 가을 풍경이 우리나라와 비슷해 보이는 곳이었다.

생트 보메에는 유명한 마리 마들렌 동굴이 있다. 막달라 마리아가 은둔생활을 하며 만년을 보낸 곳이자 그녀의 유해가 묻힌 곳이다.

우리나라를 닮은 생트 보메의 가을빛 풍경이 이방인의 마음을 따뜻하게 감싸준다.

예수가 죽고, 막달라 마리아는 베드로를 피해 에베소에서 이집트에 이르는 지중해 연안을 전전하다가 프랑스로 건너왔단다. 그 후 그녀는 이곳 생트 보메 동굴에 정착해 평생을 보냈다는 전설이 전해지고 있다. 마리아가 죽은 뒤, 그녀가 은둔해 있던 동굴은 성지가 되었고, 그 자리에 수도원이 세워졌다. 지금도 수많은 사람들이 이곳 마리 마들렌 동굴로 성지순례를 다녀가고 있다.

프로방스 사람들은 막달라 마리아의 이야기를 전설이 아닌 진실로 믿고 있다. 에베소와 이집트, 그 주위 지역에서 발견된 고대 문서가 사실을 뒷받침해준다고 주장한다.

햇살이 반짝이던 늦은 봄, 문득 생트 보메가 궁금해졌다. 가슴을 설레게 했던 가을 풍경이 어떻게 바뀌었을까? 봄꽃이 만발해도 여전히 아름다울까? 막달라 마리아의 성지는 지금도 순례자들로 붐비고 있을까? 궁금증을 이기지 못해 다시 생트 보메를 찾아갔다.

엑상프로방스 우리 집을 출발해, 프랑스의 소설가이자 영화제작자인 마르셀 파뇰의 고향 오바뉴를 거쳐 생트 보메 산악지대를 통과하는 길을 여정으로 삼았다.

전설처럼 유채꽃 피는 곳

생트 보메의 동굴과 가장 가까운 마을은 플랑 도프. 산악지대 가운데 넓은 평원 같은 마을이다. 이 마을 관광정보센터를 찾아가면 친절한 프랑스 할머니가 자근자근 동굴로 가는 길을 알려준다. 마을을 지나자 노란 유채꽃 밭이 끝없이 이어졌다.

주차장에 차를 세우고, 동굴로 올라가는 등산길로 접어들었다.

"이거야, 이거!"

남편과 나는 동시에 환호했다. 우리나라 어디에서나 만날 수 있는 등산로 입구의 풍경이 눈앞에 펼쳐졌다. 우리나라에서는 무심히 지나쳤던 풍경이 감동으로 다가왔다. 지금 우리가 프로방스가 아닌 한국에 있다는 기분 좋은 착각마저 들었다.

향수를 달래주는 친절한 풍경에 취해 산을 올랐다. 등산로를 따라 걸으며 순간이동을 경험했다. 우리나라의 산을 오르고, 산에서 만난 약수터에서 목을 축였다. 프로방스 산에서는 이렇게 약수를 만나는 일이 쉽지 않은데, 이곳은 정말 우리나라 같다.

이렇게 30분쯤 산을 올랐을까? 막달라 마리아 성지 입구가 보였다. 우리는 마법에서 풀려난 것처럼 다시 프로방스 땅으로 돌아왔다. 성지는 입구부터 조용하고 경건하다.

예수가 죽고, 베드로를 피해 프랑스로 건너온 막달라 마리아. 그녀는 예수의 최후 순간과 부활의 최초 순간을 함께한 사람이라는 설이 있다. 예수의 연인이었다는 주장도 있고, 그녀가 임신한 아이가 프랑스 왕조를 이루었다는 전설도 있다. 물론 믿거나 말거나지만.

그녀의 유해에 관해서도 상반된 주장이 엇갈린다. 생트 보메 측은 지금도 그녀의 유해가 이곳 동굴에 묻혀 있다며, 유해가 베즈레이의 성 막달레나 대성당으로 옮겨졌다는 설을 강력하게 부인하고 있다. 어느 쪽이 진실인지, 모두가 날조된 신화 같은 전설인지 모르겠다.

성지를 내려오는 길, 탁 트인 전망대에 서서 크게 심호흡을 했다. 생트 보메의 품이 참 넓다. 화사한 봄날처럼 따뜻하다. 막달라 마리아를 거두고 품었던 것처럼 나를 포근하게 보듬어준다. 내 가슴에 담아 두었던 향수를 달래준다.

다시, 이 땅을 사랑하며 살아갈 힘을 얻는다.

지중해를 품은 생트마리 드라메르
Provence Letter #35

건조한 햇살이 대지를 뜨겁게 달구던 날, 맑고 푸른 지중해 마을 생트마리 드라메르를 찾았다. 유럽 최대의 습지생태공원으로 불리는 카마르그 습지 끝에 안겨 있는 곳. 아름다운 전설이 흐르는 마을이다.

'마리아'가 머무는 바다

멀고 먼 옛날, 한적한 남프랑스 바닷가 마을에 조그만 배 한 척이 흘러 들어왔다. 배 안에는 성모의 동생인 마리아, 야곱과 요한의 어머니인 마리아, 그리고 막달라 마리아가 타고 있었다. 예수가 죽은 후, 유대인들에게 추방당한 이들은 거칠고 긴긴 항해 끝에 이곳까지 흘러 들어온 것이다. 마을 사람들은 세 명의 마리아를 환대하며 맞아들였고, 마을 이름도 '바다의 성 마리아'라는 뜻의 '생트마리 드라메르'로 불렀다고 한다.

세 명의 마리아 중 막달라 마리아는 곧 마을을 떠나 생트 보메 깊은 산중으로 들어갔고, 나머지 마리아는 시녀 사라와 함께 이 마을에 정착해 남은 생을 살았다. '마리아'들이 죽자 사람들은 이들의 묘에 교회를 세웠다. 곧 이 마을은 성스러운 순례지가 되었고, 매년 생트마리 드라메르에서는 순례자의 축제가 열리고 있다.

축제는 1년에 두 번, 5월 24일과 10월 22일에 가장 가까운 토요일과 일요일에 열린다. 축제 날, 마을은 유럽 전역에서 모여든 순례자들로 들썩인다. 그들은 교회 안에 있는 흑인 사라의 인형을 메고 마을을 한 바퀴 돈 다음, 바다로 가서 성수를 뿌린다.

바캉스를 즐기는 이들로 붐비는 8월의 생트마리 르마메르

생트마리 드라메르를 찾아간 날은 8월 중순.

마을은 순례자 대신 바캉스를 즐기는 이들로 가득했다. 작고 아기자기한 골목길을 지나 마을 한가운데에 있는 교회로 들어갔다. 10세기부터 15세기에 걸쳐 지어진 이 교회의 지하 예배실에는 두 명의 마리아와 시녀 사라에게 봉헌된 세 개의 십자가가 있다. 교회를 둘러보았다. 경건한 분위기에 마음이 차분해진다. 잠시 쉬다가 교회 지붕으로 올라가는 표를 샀다.

코발트빛 지중해와 주황색 지붕들

나는 교회의 탑이나 지붕으로 올라갈 때마다 갈등에 빠진다. 무릎이 부실해서 높은 곳을 오르고 내릴 일이 걱정이기 때문이다.

그래도 교회 지붕에 서서 마을과 지중해를 바라보고 싶은 욕심에 가파른 계단을 견디며 올라갔다. 다행히 지붕이 별로 높지 않아 부담은 없었다. 대신 일방통행으로 만들어진 나선형 계단이 좁고 어두워 살짝 멀미가 났다.

드디어 계단을 올라 교회 지붕에 도착했다. 순간, 코발트빛 지중해와 주황색 지붕을 얹은 프로방스 집들이 쏟아져 들어왔다. 가슴 벅찬 풍경에 잠시 말을 잊었다. 가장 좋아하는 프로방스 풍경과 마주한 감동에 심장이 요동치기 시작했다.

조금 더 멋진 풍경을 바라보려고 지붕 꼭대기로 발길을 옮겼다. 돌로 만든 지붕은 세월의 풍파로 헤어져 낡고 미끄러웠다. 조심조심 발을 디디며 지붕 꼭대기까지 올라갔다.

이제부터 눈이 아닌 가슴으로 풍경을 바라보고 느낄 시간이다. 뜨거운 태양도 두렵지 않았다. 이대로 영영 시간이 멈추어도 좋았다. 한동안 좋아하는 풍경과 마주한 기쁨에 젖어 있었다.

"안 내려가? 여기서 살림 차릴 작정이야?"

기다리다 지친 남편이 나를 재촉했다. 우리는 경치를 바라보는 방법도 정말 다르다. 남편은 무슨 일이든 빨리빨리 해야 하는 성격처럼 경치 구경도 후다닥이다. 그는 지붕을 오르락내리락하며 사진을 찍고, 지붕 주위를 몇 바퀴 돌며 건축 형태를 살펴보는 것으로 이미 모든 지붕투어를 끝낸 상태다.

조금만, 조금만 더······. 이렇게 시간을 끌며 아름다운 풍경을 가슴에 담았다. 마음 같아서는 오래오래 더 머물고 싶지만 남편을 따라 지붕에서 내려왔다. 마을길과 카마르그 습지를 둘러보려면 서둘러야 했다.

이대로 바다에 취하고 싶다

마을길은 여행객들로 홍수가 났다. 걷기도 힘들었다. 집들은 전통적인 프로방스풍이라기보다 그리스풍에 더 가까웠다. 먼 옛날 그리스의 지배를 받았던 흔적이 아직도 남아 있다. 마을의 좁은 골목길은 줄지어 늘어선 기념품 가게들로 화려했다. 프로방스 기념품을 파는 가게와 카마르그의 소금·쌀을 파는 가게 들이 대부분이다.

관광지에서 파는 물건은 비싸기 마련이다. 그래도 그렇지, 대형마트에서 1.2유로에 샀던 소금이 3유로다. 여행지의 바가지 상혼은 세계적인 추세인가 보다.

해변으로 발걸음을 옮겼다. 바닷가 모래 해변에는 알록달록 멋진 비키니를 입은 바캉스족들이 가득했다. 이 바닷가 해변은 유난히 곱고 가는 백사장으로 유명하다. 다른 지중해변처럼 입장료를 받거나 자릿세를 요구하는 일도 없다. 해변 군데군데 간단한 샤워 시설도 있어서 무료로 샤워를 즐길 수도 있다. 한가지 흠이라면 카마르그 습지 때문에 해수욕장에 모기가 많다. 뜨거운 태양 아래서 해변을 걷다보니 당장 바다로 풍덩 뛰어들고 싶어진다. 카마르그 습지고 뭐고 그냥 수영이나 하다 갈까? 잠시 망설이다가 습지를 향해 발길을 돌렸다.

카마르그를 거쳐 온 바람들

　　카마르그는 아를과 지중해 사이에 있는 광활한 습지다. 흰 야생마와 투우용 검은 소, 그리고 홍학을 비롯한 온갖 야생 조류가 서식하고 있는 곳이다. 자연보호 지역이라 자동차 통행이 금지되어 있다. 그래서 카마르그를 구경하려면 걷거나, 자전거를 타거나, 말을 타고 돌아다녀야 한다.

광활한 카마르그 습지를 둘러보는 일은 체력전이다.
자전거는 사막을 달리는 것만큼 힘들고, 말을 타는 것은 초보자가 엄두도 못 낼 일이다. 남은 건 걷는 일. 글쎄, 수많은 습지 하이킹 코스 가운데 하나만 선택해도 꼬박 한나절은 걸어야 한다.

259

습지 관광을 할 수 있는 꼬마열차와 보트 투어가 준비되어 있지만 광활한 습지대를 제대로 둘러보기에는 부족하다.

어떻게 해야 짧은 시간에 광활한 습지를 다 돌아볼 수 있을까? 캠핑장을 통과하면 카마르그 하이킹 코스와 연결된 해변도로가 있다는 것을 우연히 알게 되었다. 캠핑장을 통과해 해변도로로 접어들었다. 우리처럼 흙길로 조성된 해변도로를 달리는 자동차들이 보였다. 다행이다.

해변도로를 달리다가 멋진 풍경이 나타나면 잠시 정차하고 짧은 하이킹을 했다. 한 시간째, 우리는 멋진 습지투어를 즐기는 중이다. 저 멀리 홍학 떼가 보인다. 분홍색 '날씬이'들이 하늘하늘 춤을 추는 모습에 취해 평화로운 카마르그 습지를 바라본다.

습지대를 통과한 바람이 시원하게 불어온다.

자전거의 산, 방투
Provence Letter #36

남편의 마음을 사로잡은 산이 있었다.

해발 1,912미터, 프로방스에서 키가 제일 큰 산이고, 정상에는 만년설이 뒤덮여 있는 곳. 1년에 240일은 매서운 바람 미스트랄이 어마어마하게 분다는 소문이 자자한 산. 그래서 이름도 바람이라는 뜻의 프랑스어에서 유래한 방투산이다.

영원한 투르 드 프랑스, 방투산

산을 좋아하는 남편은 주말마다 집 근처에 있는 생트 빅투아르산을 오르며, 저 멀리 방투산을 바라보곤 했다. 그리고 언젠가는 그 산을 반드시 오르겠다는 희망을 품었다. 높고 험한 산을 오르려면 힘을 키워야 한다며 체력 단련 의지도 대단했다.

그런데 프로방스에 산 지 3년 만에 그동안 몰랐던 방투산의 진실을 알게 되었다.

산 정상의 만년설은 눈이 아니라 하얀 석회암 덩어리들이고, 산 전체가 프랑스의 유명한 사이클 경주 대회인 '투르 드 프랑스'의 유명 코스라는 것이었다. 가장 중요한 정보는 방투산을 자전거나 자동차로 올라갈 수 있다는 것이었다.

이렇게 반가운 일이 또 있을까. 당장 산을 오를 계획을 세웠다. 8월 중순의 무더위도 무섭지 않았다.

엑상프로방스 집을 떠나 서북 방향으로 한 시간 반쯤 차로 달려, 방투산 입구에 도착했다. 산으로 들어가는 길은 등산복 차림의 사람들과 제비처럼 날렵한 사이클 복장을 한 이들로 북

적었다.

방투산을 오르는 길은 세 가지. 걸어서 오르거나, 자전거를 타거나, 차를 타는 방법이다. 우리는 쉽고 편한 차로 산을 오르기 시작했다.

방투산 입구부터 자전거들과 앞서거니 뒤서거니 하면서 잘 포장된 산길을 올라갔다. 대부분이 오르막길이라 차가 앞서지만 내리막길을 만나면 전세가 역전되었다. 우리는 자전거들이 스

트레스를 받지 않도록 조심조심 운전하며 산을 올랐다. 구슬땀을 흘리며 힘차게 자전거 페달을 밟는 사이클리스트의 건강함을 부러워하면서.

산 정상으로 오를수록 바람이 심해졌다. 35도가 넘는 여름더위를 단숨에 날려주는 미스트랄이 새삼 고맙다. 산 정상은 풀 한 포기도 보이지 않는 석회암 지대다. 왜 방투산 별명이 대머리산인지 알 것 같다.

📷 세찬 미스트랄과 뜨거운 태양에 시달려 대머리산이 된 방투산

드디어 산 정상에 올랐다. 근처 주차장에 차를 세우고 주위를 둘러보았다. 산 정상은 온통 사이클리스트들의 축제장이다. 알

록달록 울긋불긋한 옷을 입은 그들은 정상을 탈환한 기쁨에 여기저기서 환호성이다. 모두 힘겹게 페달을 밟으며 1,912미터 정상까지 올라온 그들의 노고를 축하해주고 있다.

산 정상에 앉아 커피를 마셨다. 풀 한 포기 없는 사막에 온 것 같다. 얼마나 거센 바람에 시달렸던지 풍화된 석회암들이 가득하다. 햇살을 받아 하얗게 빛나는 산 정상을 바라보았다. 과

연, 만년설로 착각할 만큼 희고 아름다운 모습이다.

방투산을 내려오는 길은 자전거 세상이다. 내리막길을 쌩쌩

달리는 자전거를 피해 차의 속도를 점점 줄였다. 자동차로 편안하게 방투산을 올랐으니 이 정도 예의는 갖추어야 할 것 같다. 산을 내려오며 프로방스의 유명한 산들을 떠올려본다.

세잔이 그려 유명해진 생트 빅투아르는 세잔의 산이고, 알퐁스 도데의 소설 〈별〉의 무대가 된 루베롱산은 알퐁스 도데의 산이다. 막달라 마리아의 은신처가 된 생트 보메는 그녀의 산일 것이다. 그렇다면 방투산은 누구의 산일까?

여자들만의 소풍, 무스티에르생트마리

Provence Letter #37

한국 여자 셋, 프랑스 여자 한 명이 소풍을 나왔다. 장소는 아름다운 프로방스 마을 무스티에르생트마리. '무스티에르'로 줄여 부르는 마을이다.

여자 넷, 산을 넘다

　　그곳에 가기 전, 아침 시장이 열리는 작은 프로방스 마을 포카퀴에를 먼저 들렀다.

"포카퀴에 시장을 빨리 둘러보고 점심은 무스티에르로 가서 먹자."

말은 이렇게 했지만, 여자 넷은 포카퀴에를 쉽게 벗어나지 못했다. 프로방스 시장을 처음 만난 사람들처럼 시장 구경에 빠져들었고, 엑상프로방스 시장보다 값이 싼 프로방스 물건들의 유혹에 홀딱 넘어가버렸다.

포카퀴에 시장은 정겨운 시골 장 같으면서도 화려했다. 프로
방스 풍의 식탁보, 프로방스 도자기, 프로방스 장바구니, 그리
고 프로방스의 올리브와 마늘까지. 어여쁜 것들이 자꾸 발목
을 잡았다.

결국 여자 넷은 전리품을 획득하듯 쇼핑한 물건을 들고, 예정
보다 한 시간 반이나 늦게 그곳을 떠났다.

무스티에르로 가는 길은 험준한 산을 넘어야 한다. 자신만만
하게 운전을 자처했던 미경 씨가 진땀을 흘렸다. 가파른 언덕
길을 올라가다가 시동을 꺼트리기도 했다. 설상가상으로 자동
차 기름도 간당간당했다. 아까, 길 건너편 주유소에서 기름을
넣겠다는 그녀를 괜히 말렸나 보다. 산은 점점 깊어지는데 주

📷 무스티에르로 가기 전에 들른 포카퀴에 시장에서

유소는 그림자도 보이지 않았다. 이러다가 차가 멈춰 서면 밀고 가야 할 것 같았다.

내 걱정과 달리 미경 씨는 느긋했다. 일행을 위해 음악을 틀어주고, 괜히 실없는 농담으로 분위기를 띄워주었다. 그렇게 산을 넘었다. 다행히 주유소를 만나 기름도 넣었다.

고개 하나를 또 넘자, 더 멋진 풍경이 펼쳐졌다. 푸른 침엽수와 젊고 왕성한 바위가 가득한 경치. 여자 넷이 탄성을 질렀다. 언덕을 하나 더 넘었다. 너른 라벤더 꽃밭이 이어졌다. 개화기가 세 달이나 남은 라벤더는 진한 초록빛이다. 아쉽다. 한숨이 절로 나왔다.

단출해 보이지만 가까이 할수록 황홀한 무스티에르생트마리

프랑스가 '아름다운 마을'이라고
부르는 이유를 알 것 같다

5분도 못 가서 한숨이 환호성으로 바뀌었다. 눈앞에 노란 유채꽃이 한 가득이다. 당장 차를 세우고 유채꽃밭으로 뛰어들어 사진을 찍었다. 제주도처럼 촬영비도 받지 않는다. 결국 여자 넷은 오후 2시가 넘어서 무스티에르에 도착했다.

여자를 사로잡는 도자기 마을

인구 600명이 사는 작은 마을 무스티에르생트마리는 프랑스 정부가 지정한 아름다운 마을이다. '프랑스의 그랜드캐니언'으로 불리는 베르동 계곡의 중심 마을이고 프로방스의 고급 도자기 파이앙스로 유명한 곳이다.

마을로 들어서는 순간, 와 하는 탄성이 저절로 나왔다. 모두 마을의 미모에 마음을 빼앗겼다. 아무리 예쁜 여자도 자주 보면 질린다는데, 세 번째로 보는 이 마을은 여전히 아름답다. 무스티에르가 처음이라는, 나머지 세 여자의 감동은 더 컸다.

우선 식당부터 찾았다. 배꼽시계가 벌써부터 요동을 치다가 기절하기 일보직전이다. 마을이 한눈에 내려다보이는 전망 좋은 레스토랑으로 들어서려는데, 종업원이 우리 앞을 가로막았다. 죄송하다며 점심시간이 끝났다는 슬픈 소식을 전해주었다. 근처 레스토랑들도 마찬가지다.

결국 우아한 점심을 포기하고 샌드위치카페로 향했다. 오후 2시가 넘었다고 야박하게 손님을 거부하는 프로방스 레스토랑

들을 원망하며, 포카퀴에 시장에서 너무 늦장을 부린 것을 반성하며, 샌드위치를 먹고 커피를 마셨다. 다행히 샌드위치 맛이 좋았다. 진한 커피의 향과 함께 바라보는 마을 풍경도 그윽했다.

카페를 나와 마을 구경을 시작했다. 도자기 마을답게 곳곳에 파이앙스와 프로방스 도자기를 파는 부티크가 즐비했다. 가게마다 특색 있는 작품들이 전시되어 있다. 파이앙스는 투박하고 강렬한 프로방스 도자기들과 전혀 다른 느낌이다.

고급 도자기라 값도 엄청나다. 접시 하나가 100유로를 훌쩍 넘는 건 기본이다. 욕심 나는 도자기는 800유로로, 120만원이 넘는다. 그냥 도자기들과 눈도장만 찍으며 부티크 순례를 다녀야겠다.

우리 마음에 새긴 별

무스티에르는 사암절벽에 바짝 달라붙어 있는 오래된 중세 마을이다. 기품이 있으면서도 화려하고 아기자기한 맛이 넘치는 곳이다. 마을 한가운데는 직선으로 떨어지는 폭포가 있고, 협곡이 병풍처럼 마을을 둘러싸고 있다. 마을 협곡 225미터 높이 절벽에는 황금색 별이 매달려 있다. 마을의 상징이 된 이 별을 처음 단 사람은 기사 블라카.

십자군전쟁 때 사라센군의 포로가 된 그는 자신이 고향집에 돌아가게 된다면 감사의 뜻으로 마을에 별을 달기로 맹세했단다. 그 후, 그는 기적처럼 마을로 돌아왔고, 맹세대로 별을 달았다. 지금 걸려 있는 별이 그때의 별은 아니지만 마을 사람들은 지금도 그를 기리며 별을 바라본단다.

부지런히 마을을 돌아다녔다. 취향이 다른 여자 넷이 서로를 배려하면서 산책하고, 부티크를 구경하려니 발걸음이 점점 더 늦어졌다. 그래도 즐겁다. 조용하고 한적한 마을에서 멋진 경치와 예쁜 물건들을 구경하는 일이 너무나 행복하다. 손에 쥔 물건은 별로 없지만 눈이 즐거운 것만으로도 만족이다.

"남편이랑 왔으면 이렇게 재미나게 구경하진 못했을 거야."
"당연하지. 남자들은 우리가 가게만 들어가면 빨리빨리 나가자고 성화부터 하잖아."
여자 셋이 신이 나서 한국말로 떠들자, 야스나가 궁금하다는 표정을 지었다. 얼른 통역해주자 그녀도 맞장구쳤다.
"맞아! 내 남편은 쇼핑알레르기도 있는걸?"
야스나의 말에 웃음이 터졌다. 싱그러운 프로방스 햇살이 웃음소리를 부추겼다. 햇살 아래서 여자 넷은 오늘을 기념하는 사진을 찍었다. 좋은 사람들과 함께해서 더 아름다웠던 프로방스 마을 무스티에르가 가슴을 파고들었다.

황토에 깃든 선홍빛 사연
Provence Letter #38

루베롱 산길을 따라 달리던 자동차가 언덕을 넘는 순간, 황토
언덕에 불쑥 솟아오른 붉은 마을이 보였다. 가장 원시적인 색,
황토색의 향연이 벌어지는 곳. 예술가와 화가 들이 사랑하는
마을, 루시용이다. 마을은 황토색을 넘어 붉은색 천지다. 정열
적이기보다 차분하게 느껴지는 붉은색과 마주치는 순간 이상

하게 마음이 편안해졌다. 〈고도를 기다리며〉를 쓴 극작가 사무
엘 베케트도 그랬나 보다.

초록과 어우러진 황토빛 속살

　　　　제2차 세계대전 당시, 프랑스 레지스탕스를 돕던 베
케트는 게슈타포에게 쫓겨 프로방스로 오게 되었다. 프로방스
를 헤매던 그는 붉은 황토 마을 루시용을 발견하고 바로 마을
에 정착했다. 이곳에 머무는 동안, 그는 언덕 위의 붉은 황토
집에서 상처받았던 마음을 치유하며 소설 〈와트〉를 썼단다. 그
의 영혼을 달래주었던 황토 마을 루시용, 낡았지만 정갈한 마
을의 속살을 찾아 천천히 산책을 나섰다.
먼저, '황토 오솔길'로 발길을 옮겼다. 이곳은 마을 옆에 위치
한 광활한 황토공원에 있는 산책로로, 원시의 자연을 느낄 수

있는 곳이다. 마을을 돌아보는 건 공짜지만, 황토 오솔길은 입장료 2.5유로를 내야 걸을 수 있다.

황토공원으로 들어서자 경치가 달라졌다. 왜 이곳을 '프로방스의 콜로라도'라고 부르는지 알 것 같다. 초록빛 나무들 사이로 누렇고 붉은 황토들이 입을 크게 벌리고 웃고 있었다.

황토 오솔길을 걷고 바라보는 코스는 두 가지. 산책 시간이 35분 걸리는 짧은 코스와 50분이 걸리는 긴 코스가 있다.

50분용 긴 코스를 따라 황토 숲길을 걸었다. 걸음을 옮길 때마다, 시선을 돌릴 때마다 가파르게 깎인 절벽과 아찔하게 솟아난 뾰족한 황토 기둥 그리고 널찍한 황토 바위 들이 보였다.

그 위로 뜨겁게, 뜨겁게 프로방스의 햇살이 쏟아졌다. 황토색이 더 짙어졌다. 초록색 나무들과 어우러진 황토의 향연을 바라보는 것이 즐거웠다. 편안하고 익숙한 황토색이 나를 포근하게 안아주었다. 깊은 숨을 몰아쉬자 마음이 차분해졌다. 황토가 보내온 에너지가 온몸에 전해졌다.

광활한 원시 자연 안으로 점점 더 들어갔다. 자연 앞에서 몸은 작아지지만 마음은 더 푸근해졌다. 발바닥에 마른 진흙처럼 고운 황토의 감촉이 느껴졌다. 사막 모래보다 더 가벼운 황토가 바람에 날렸다. 기분 좋은 산책이다.

루시용에 붉게 물든 전설

황토 오솔길 산책을 마치고 마을로 들어섰다. 품질

좋은 루시용 황토로 지은 집들이 옹기종기 모여 있다. 골목길을 걸으며 자연이 색을 칠해준 멋진 집들을 바라보았다. 재료로 가져다 쓴 황토의 빛깔에 따라 노란색부터 진한 주홍색까지 집의 색들도 제각각이다.

한낮의 태양이 점점 뜨거워졌다. 그러거나 말거나 천천히 마을길을 산책하면서 붉은 황토 집들을 바라보았다.

누군가 다가와 마을에 얽힌 전설을 이야기해준다. 이 마을에 살았던 왕과 왕비의 치정어린 로맨스다. 왕은 왕비를 죽도록 사랑했으나 왕비는 다른 남자를 사랑했다. 질투심에 눈이 먼 왕은 왕비의 남자를 죽였다. 그 사실을 안 왕비는 왕을 원망하며 절벽에서 몸을 던졌다. 그렇게 죽은 왕비의 원한 어린 피가 루시용을 붉게 물들였다는 슬픈 전설이다.

슬퍼서 더 아름다운 이 마을의 전설을 들으며 다리가 아프도록 마을의 골목길을 돌아다녔다. 붉은 흙 틈에서 자라난 가녀리고 흰 꽃과 마주쳤다. 꽃이 루시용을 잊지 말라는 당부처럼 내게 미소를 보낸다.

예 술 편 지

그들이 꿈꾸고
우리가 사랑한

02

03

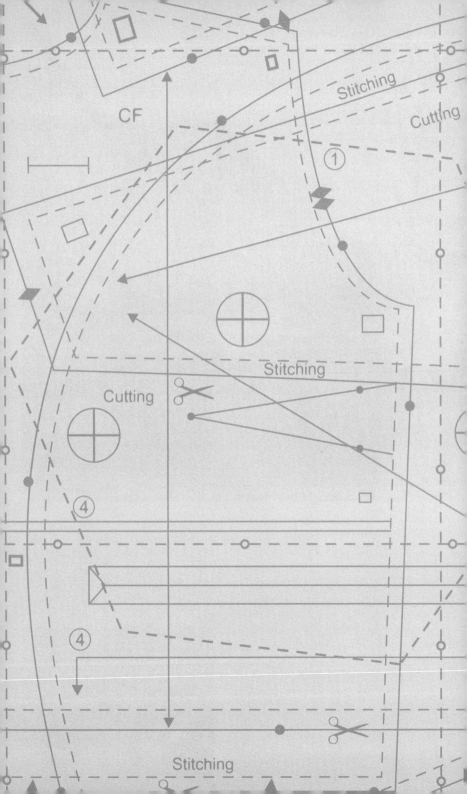

마르셀 파뇰의 프로방스

Provence Letter #39

"우리, 마르셀 파뇰이 여름 바캉스를 보냈던 동네를 찾아가볼까?"

작가 마르셀 파뇰의 어린 시절 추억을 담은 영화 〈마르셀의 여름〉을 보다가 무모한 도전을 시작했다. 영화 속 풍경을 찾아나서기로 한 것이다. 우리나라도 아니고 낯선 이국 땅 프로방스에서 가능할까? 더구나 영화는 1900년대를 배경으로 1990년에 찍은 것인데?

가능하다. 프로방스는 변화가 거의 없는 곳. 늘 그 자리에 있는 고향 같은 땅이니까. 10년, 아니 5년만 지나도 강산이 확확 달라지는 다이내믹 코리아에서는 힘들겠지만 프로방스에서는 어렵지 않을 것이다.

마르셀 파뇰은 프랑스의 국민 작가이자 영화제작자다. 프랑스 영화계를 발전시킨 인물 중 한 명이고, 정통 프랑스 문학 작가로 아카데미 프랑세즈 회원이기도 하다. 소설《마농의 샘》과 희곡 〈마리우스〉·〈화니〉·〈세자르〉를 비롯해 많은 작품을 쓰고, 영화로 만들기도 했다.

그는 여성지《엘르》에 자신의 어린 시절 이야기를 연작소설로 연재했다. 소설은 폭발적인 인기를 얻었고, 교과서에 실렸다. 그의 연작소설 중 〈아버지의 영광〉과 〈어머니의 성〉은 영화로 만들어졌고, 우리나라에는 1990년대 후반에 〈마르셀의 여름〉과 〈마르셀의 추억〉으로 소개되었다.

그가 여름방학을 보낸 동네를 찾는 일은 어렵지 않았다. 영화를 찍은 곳이 가르라방 산 밑에 있는 트레이유 마을이라는 사실은 프로방스에서 유명했다.

엑상프로방스 집을 떠나, 그의 고향 오바뉴를 지나 트레이유 마을로 들어섰다.

마을 입구부터 촉각을 곤두세웠다. 더듬이를 이용해 먹잇감을 찾으려는 곤충처럼 눈을 이리저리 굴리며 영화에서 본 마을의 풍경을 찾기 시작했다. 비슷했지만 똑같지는 않았다. 마을 집들은 어딘지 모르게 영화보다 세련되었다. 아무리 프로방스 풍경이 변함없다지만 100년을 거슬러 가기에는 무리였나 보다.

마을과 이어진 뒷산으로 발길을 돌렸다. 멀리, 눈에 익은 프로방스 산들이 보였다. 어쩌면 마차에 짐을 잔뜩 싣고 산속 별장을 찾아가는 마르셀 가족을 만날지도 모른다. 그렇게 희망을 품고 마을 뒷산 가르라방으로 향했다.

가르라방 산으로 오르는 길

가르라방 산으로 오르는 길에는
어린 마르셀과 그의 가족 이야기가
그림처럼 펼쳐진다

"와, 똑같아! 영화랑 정말 똑같아!"

마을을 지나자마자 탄성이 터져 나왔다. 눈앞에 펼쳐진 풍경은 100년 전의 프로방스, 영화에서 보았던 것 그대로였다.

그 풍경 위로 바캉스 짐을 잔뜩 실은 마차를 끌고, 가르라방을 향해 행복한 발걸음을 옮기는 마르셀의 가족이 오버랩되었다. 마부가 마르셀 엄마에게 토끼요리를 할 때 넣을 프로방스 허브를 알려주기도 하고, 마르셀의 동생 폴이 괜히 마부에게 심술을 부리기도 한다. 가족을 이끌고 여름 별장으로 향하는 마르셀의 아버지는 가장의 행복한 미소를 짓고 있다. 그는 벨롱의 여름 별장을 가리키며 의미심장한 미소를 짓는다.

"이제 다 왔다."

지금도 그곳엔 마르셀이 산다

내친김에 마르셀의 가족이 여름 한철을 보낸 벨롱의 별장을 찾아보았다. 아무리 산속을 이리저리 둘러봐도 못 찾겠다. 멀리 보이는 프로방스 집은 영화의 것과 조금 다른 모습이었다.

"영화를 찍은 여름 별장은 세트거나 영화 촬영을 위해 지은 집일 거야."

별장 찾기를 포기하면서 이런 평계를 댔다. 대신 마르셀이 모험을 즐겼던 가르라방 산 구석구석을 걸어보았다. 그가 산골

친구 릴리와 산을 헤매다가 빵을 먹었던 것처럼 산중턱에 앉아 준비해온 빵을 먹고 커피를 마셨다.

산들산들 불어오는 바람이 달콤하게 코끝을 스쳤다. 맑고 향기로운 공기가 숨을 쉴 때마다 몸을 청결하게 씻어주었다. 비가 오지 않아 척박한 땅에서 올리브나무는 싱싱하게 자랐고, 개나리를 닮은 노란 봄꽃들이 여기저기서 수줍은 미소를 짓는다.

가만히 어린 마르셀이 뛰어 놀던 가르라방 산을 바라보았다.

"내가 태어난 곳은 오바뉴로 염소 떼가 한가롭던 가르라방 밑에 있다. 가르라방은 프로방스 지방의 우뚝 솟은 바위들의 탑으로, 산이라고 할 수도 없고 구릉이라고 할 수도 없는 곳이다."

영화의 첫 대사. 어린 시절을 회고하는 부드러운 마르셀 파뇰의 목소리가 들리는 것 같다. 그렇다. 그를 키운 건 프로방스였다. 프로방스가 아니었다면 그가 이룬 모든 업적은 존재하지 못했을 거다. 평생 프랑스 문학과 영화의 발전을 위해 살았던 그는 지금 트레이유 마을 공동묘지에 잠들어 있다.

오래도록 산속에 앉아 프로방스의 우뚝 솟은 바위들의 탑, 가르라방을 바라본다.

내게 프로방스를 가르쳐주었던 마르셀 파뇰. 그의 어린 시절 추억을 떠올리면서.

피카소의 성, 보브나르그

"내가 세잔의 생트 빅투아르산을 샀어!"

1958년 9월, 피카소는 친구에게 들뜬 목소리로 말했다. 생트 빅투아르산 자락에 오롯이 안겨 있는 보브나르그 성을 산 기쁨에 그는 이렇게 외쳤다. 그날 이후 보브나르그 성은 피카소에게 큰 즐거움이 되었다. 이곳에서 그는 사랑하는 아내 자클린느와 행복한 노후를 보내며 많은 작품을 남겼다.

피카소와 세잔이 사랑한 곳

사실, 피카소는 이 성에서 그리 오래 살지 않았다. 프로방스 곳곳을 누비며 살기에도 바빴으니까. 그는 예술과 미식가의 마을 무쟁에서 마지막 생애를 보내고 숨을 거두었다. 대신, 가족들은 보브나르그를 피카소의 마지막 안식처로 정했다. 그는 보브나르그 성 서쪽 언덕에 잠들었고, 세잔이 사랑했

예술가들의 영감을 자극하는 생트 빅투아르산 📷

6월의 초록과 산의 회색이
대조를 이룬다

던 생트 빅투아르의 품에 영원히 안겼다.

내가 보브나르그를 처음 만난 것은 2년 전. 프로방스에 도착한
지 얼마 지나지 않아서였다. 당시, 우리 부부는 세잔처럼 생트
빅투아르산에 흠뻑 빠져 이곳저곳 드넓은 산자락을 맴돌았고,
그러다가 산속에 조용히 안겨 있는 이 마을을 발견했다.

마을이 빚어내는 소박한 정취에 반해 거침없이 마을로 들어섰
다. 그와 동시에 저 멀리, 프로방스의 자연을 닮은 테라코타 색

성이 보였다. 붉은 벽돌색 덧문과 어우러진 성은 화려하지는 않지만 웅장하면서도 단아해 보였다. 성문은 굳게 닫혀 있었다. 대체 이 성의 주인은 누구일까, 궁금했다.

얼마 후, 이 성에 피카소가 살았고, 현재 이 성의 주인은 그의 의붓딸 카트린느라는 이야기를 들었다. 그녀는 피카소의 아내 자클린느가 재혼하면서 데려온 딸이었다. 성 주인이 누구인지는 알았지만, 피카소가 살았던 성을 구경할 수는 없었다. 성문은 항상 철옹성처럼 굳게 닫혀 있었다.

며칠 전, 꽁꽁 닫혔던 성문이 활짝 열린다는 소식을 들었다. 성 주인 카트린느가 그라네미술관 주최로 열리는 '피카소와 세잔' 전시회를 기념하기 위해 성을 개방한다는 것이다. 피카소의 성을 구경할 수 있는 절호의 기회였다. 당장 보브나르그 마을로 달려갔다.

6월의 보브나르그는 프로방스 햇살로 가득했다. 마을은 성을 개방한다는 소식을 들은 관광객들로 넘쳐났다. 마을 입구의 카페에 앉아 커피를 마시며 천천히 주위를 둘러보았다. 눈을 돌리는 곳마다 생트 빅투아르가 떡하니 버티고 서 있었다.

마을을 통과해 보브나르그 성으로 들어가는 길. 프로방스 돌집들이 햇살 속에서 반짝였다. 파스텔 톤으로 칠한 덧문과 무성하게 자란 담쟁이덩굴이 환상의 짝꿍처럼 어우러졌다. 피카소도 이 길을 지나며 소박한 아름다움에 눈길을 주었겠지.

보브나르그 성으로 들어서자 가이드가 정중하게 카메라를 꺼

달라고 부탁했다. 개인적인 공간이라 절대로 사진을 찍으면 안 된단다. 맞는 말이긴 한데, 사진을 못 찍는다니 서운해졌다. 사진이 없다면 보브나르그 성의 추억은 며칠 내로 사라질 게 분명하니까.

그의 '생트 빅투아르'는 어디일까

성안 풍경은 눈으로 담기에 벅찼다. 곳곳에 피카소가 직접 그린 그림과 손수 빚은 도자기가 즐비했고, 그가 애지중지했던 가구들도 그대로 있었다.

그런데 가이드를 따라 다니는 성 투어 분위기가 마음에 들지 않았다. 공짜로 성 구경을 하는 것도 아닌데 주최 측의 태도가 눈에 거슬렸다. 내 뒤에 있던 영국 남자가 피카소가 밥을 먹던 식탁을 만지자 가이드가 신경질적인 반응을 보였다.

"다시 한번 말씀드릴게요. 성안에 있는 모든 물건은 절대로 절대로 만지면 안 됩니다. 카메라는 당장 가방에 넣으세요. 내부는 물론이고 주변 경치도 찍으면 안 됩니다. 나중에 여러분의 카메라를 일일이 체크할 겁니다."

사진을 찍는 자유를 박탈당하고 서운한 감정을 눌러 참으며 피카소의 성을 둘러보았다. 그래도 그의 손때가 묻은 화구와 그가 그린 그림들과 마주치는 순간, 사소한 기쁨으로 전율이 흘렀다. 가이드를 따라 들어선 살롱에서는 피카소의 영상이

📷 멀리서 본 보브나르그 성

테라코타 색은 바랬지만,
그를 찾는 이들의 마음은 선명하다

흘러나왔다. 생전의 피카소가 보브나르그 성에서 작품을 만들며, 아내와 딸과 어울려 놀던 모습이다.

80세의 피카소는 마흔 살이나 어린 아내를 위해 프로방스 왕이 살던 이 성을 샀다. 그가 죽은 뒤, 성은 그의 아내 자클린느의 소유가 되었다. 세월이 흘러 그의 어린 아내도 고인이 되었고, 그녀의 딸이 성을 물려받았다고 한다.

필름 속의 피카소 가족이 행복해 보였다. 할아버지 같은 피카소와 어울리며 즐거워하는 어린 소녀가 카트린느겠지. 그녀도 이 필름을 보면서 피카소와 엄마 자클린느를 그리워할까 궁금해졌다.

보브나르그 성을 떠나는 길은 생트 빅투아르산의 품을 벗어나는 일이다. 등 뒤로 멀어지는 산을 아쉬워하며 피카소를 생각했다.

세잔의 산 생트 빅투아르를 샀다고 자랑했지만, 세잔처럼 생트 빅투아르를 그리지 않았던 화가. 그가 산의 품에 안겨 창조해낸 작품들을 하나하나 곱씹어보았다. 보브나르그 마을만큼 아름다운 추억이 마음에 새겨진다.

세잔과 함께 가는 산책길
Provence Letter #41

오늘은 특별한 산책을 하려고 집을 나섰다. 기분 좋은 햇살과 살가운 바람을 친구삼아 프랑스를 대표하는 세계적인 화가 폴 세잔의 발자취를 따라 나서려고 한다. 세잔을 찾아가는 산책길은 멀리 있지 않다. 바로 이곳 엑상프로방스가 그의 고향이니까.

세잔은 엑상프로방스에서 나고 자랐다. 파리에서 활동하던 시절을 빼고 줄곧 이곳에서 살면서 죽는 순간까지 그림을 그렸다. 그래서 엑상프로방스 곳곳에는 세잔의 흔적이 많이 남아 있다. 그가 태어나고 자란 집부터 그가 다녔던 학교, 그의 단골 카페와 그가 그림을 그렸던 화실, 그가 그림을 그리러 다니던 길 들까지 고스란히 남아 있다. 큰 분수가 있는 로통드 광장에는 화구를 메고 그림을 그리러 가는 그의 동상이 서 있고, 거리 곳곳에는 그의 자화상이 그려진 간판이 즐비하다.

그런데 어디서부터 어떻게 세잔을 따라 나서야 할지 잘 모르겠다.

"세잔을 만나고 싶은데, 어떻게 해야죠?"

"간단해요. 이 지도를 들고 세잔의 발자취를 따라 다니면서 그를 추억해보세요."

친절한 관광정보센터 직원이 세잔의 지도를 주며 한바탕 세잔 자랑을 늘어놓았다. 정말, 엑상프로방스 사람들의 세잔 사랑은 못 말린다.

세잔의 지도를 펴자 강아지가 영역 표시라도 해놓은 것처럼 엑상프로방스 시내 구석구석에 그의 흔적이 가득하다. 지도에 표시된 그의 유적지만 해도 서른네 곳이다.

세잔의 절대 추종자라면 몰라도 그가 수없이 이사를 다니면서 잠시 살았던 집과 그의 어머니가 살았던 집까지 찾아가는 것은 큰 의미가 없다.

수험생처럼 뚫어져라 지도를 바라보며 산책 코스를 잡았다. 시내를 벗어나야 하는 코스는 너무 멀어 포기했다. 세잔이 생트 빅투아르산을 그렸던 비베무스 채석장과 그가 살았던 저택을 과감하게 빼고, 시내를 중심으로 산책코스를 정했다. 세잔의 생가와 모교 그리고 그의 단골 카페와 아틀리에를 돌아보면 될 것 같다.

관광정보센터를 나와 세잔이 다녔던 학교 콜레주 미네로 발걸음을 옮겼다. 세잔극장과 레스토랑 파사지가 있는 골목을 지나 카디날르 거리로 들어서면 바로 보이는 3층짜리 미색 건물이 콜레주 미네다. 지금은 중학교지만 세잔이 학교를 다닐 당시에는 고등학교 과정이었단다.

학창 시절 세잔은 학교생활에 적응하지 못하고 친구들에게 괴롭힘을 당하던 소년을 도와주었다. 이 일로 둘은 친구가 되었고, 세잔과 우정을 쌓으며 우울하던 소년의 성격도 밝아졌단다. 둘은 엑상프로방스 남쪽에 있는 강에서 물놀이를 즐기기도 했고, 많은 시간을 함께 하며 예술과 문학의 꿈을 키워나갔다. 파리 유학 시절에는 함께 어려움을 나누기도 했다.

이렇게 세잔과 우정을 나눈 소년의 이름은 에밀 졸라.《목로주점》과《나는 고발한다》등을 쓴 프랑스의 대작가다. 파리에서 태어난 졸라는 여섯 살 때 토목기사였던 아버지를 따라 엑상프로방스로 왔다. 엑상프로방스 시민들의 식수를 위해 댐을 짓던 아버지가 갑자기 죽자 가세가 기울어졌고, 졸라는 우울하고 조숙한 아이로 자랐다고 한다. 세잔과의 우정이 그의 인생에 어떤 영향을 주었을지 짐작이 간다.

길에서 만나는 그의 젊은 날

산책길은 '네 마리 돌고래 광장'으로 이어졌다. 광장이라지만 물을 뿜는 네 마리 돌고래 석상이 있는 분수가 전부다. 규모는 작아도 아름다운 곳이다. 분수 너머로 생 장 드 말트 교회의 뾰족 지붕이 보였다. 교회를 바라보며 골목길을 조금 걷자 금방 그라네미술관 앞이다.

1838년, 말트 주교는 17세기 건물을 구입해서 박물관으로 개조했다. 18세기 엑상프로방스를 대표하는 화가 프랑스와즈 마리우스 그라네는 이 박물관을 위해 수많은 예술작품을 기증하고 후원도 했다. 이를 기념하고자 엑상프로방스 시는 1949년, 그라네 사후 100주년을 맞아 박물관 이름을 그라네미술관으로 바꾸었다.

세잔은 그라네미술관 부설 미술학교에서 무료로 데생과 모사 수업을 들으며 그림의 기초를 다졌다고 한다. 학창 시절에는 엑상프로방스 시가 주최하는 미술전에서 이등상을 수상하기도 했다.

2006년, 그라네미술관은 세잔의 사후 100주년 기념 전시회를

📷 네 마리 돌고래 광장

'네 마리 돌고래 광장'의 분수 뒤로
세잔의 어머니 장례 미사가 열렸던
생 장 드 말트 교회가 보인다

열었다. 인구 13만인 도시에 44만 명의 관객이 다녀갔다니 어마어마한 인파가 몰린 전시회였다.

그라네미술관에는 세잔의 작품 여덟 점이 전시되어 있는데, 파리 오르세미술관이 엑상프로방스 시에 기증한 것이란다. 세잔도 살아생전에는 그림을 거의 팔지 못했던 화가여서 엑상프로방스에 그의 작품이 별로 없었나 보다.

그라네미술관 옆에는 생 장 드 말트 교회가 있다. 1897년, 이곳에서 세잔의 어머니 장례식이 거행되었다. 교회 내부는 겉보기보다 소박했다. 자리에 앉아 잠시 다리를 쉬면서 경건한 교회 분위기를 느껴보았다.

다음으로 찾아갈 곳은 세잔이 태어난 생가. 교회를 나와 이탈리아 거리를 지나 오페라 거리로 들어섰다. 이 거리에는 주드 폼 극장이 있다. 연극 공연이 수시로 열리는 이 극장을 지나 올라가면 오른쪽으로 세잔이 태어난 생가가 보인다.

세잔의 흔적이 가득한 골목들

"뭐 이래?"

세잔의 생가를 확인하는 순간 바람 빠진 풍선처럼 허탈해졌다. 대화가의 생가를 기대하고 찾아갔는데 아무것도 볼 것이 없다. 정갈한 황토색 건물에 '이 집에서 세잔이 1839년 1월 19일 날 태어났다'고 프랑스어로 써 놓은 것이 전부였다. 불친절하게 보이는 작은 글씨다. 프랑스어를 모르는 사람들은 생가를 알아보지 못할 것 같다.

세잔의 생가를 보고, 왔던 길을 되돌아서 엑상프로방스의 상징인 미라보 거리로 접어들었다. 포도송이를 들고 서 있는 헤네 왕 분수 동상을 지나자 세잔의 카페 데 뒤 갸송이 보였다. 세잔이 단골로 다녔다는 사실 하나로 엑상프로방스의 명소가 된 곳이다.

참새가 방앗간을 그냥 지나갈 수 없다. 카페에 앉아 에스프레소를 마시며 미라보 거리를 바라보았다. 갸송들이 부지런히 왔다 갔다 하며 서빙을 하느라 정신이 없다.

이 카페의 이름은 이곳에서 서빙을 하던 웨이터 두 명을 말한다. 프랑스어 갸송에는 소년이라는 뜻 외에 식당 웨이터의 뜻도 있다. 갸송 두 명이 카페를 차린 것인지, 아니면 처음 카페가 생겼을 때 갸송이 두 명밖에 없었던 건지, 그것도 아니면 두 명의 갸송이 유명했던 건지 모르겠다. 분명한 것은 이 카페 갸송들의 자부심이 유난히 강하다는 사실이다.

어깨 위로 햇살이 쏟아졌다. 나른한 행복감이 졸음처럼 밀려왔다. 세잔은 이 카페에 앉아 커피를 마시며 무슨 생각을 했을까? 친구들과 카페에서 어떤 이야기를 나누었을까? 그를 추억하다 보니 문득 그의 아틀리에가 궁금해졌다.

카페를 나와 시청으로 향했다. 시청으로 접어드는 골목길에서 세잔이 마지막 숨을 거둔 아파트와 마주했다. 담벼락에는 세잔의 생가와 마찬가지로 '세잔이 이곳에서 살다가 죽었다'는 글이 무심하게 쓰여 있다.

햇살마저 그림이 되는 풍경

시청 광장으로 들어서자 꽃향기가 가득했다. 바로크 양식으로 지어진 시청 건물과 그 옆에 우뚝 선 시계탑 그리고 사람들로 바글거리는 꽃시장이 어우러져 진한 삶의 향기를 뿜어내고 있다. 기분 좋은 풍경에 발걸음도 절로 빨라졌다. 어느새 시계탑을 통과하고, 벽걸이미술관과 생 소뵈르 대성당을 향해 걷고 있다.

이 길은 내가 엑상프로방스에서 가장 좋아하는 산책길이다. 이 길을 따라 끝까지 올라가면 엑상프로방스 시내를 감싸고 있는 순환도로와 만난다.

순환도로를 건너자 파스퇴르 주차장이 보였다. 주차장 건물을 지나자 세잔의 아틀리에로 가는 표지판이 서 있다. 표지판이 가리키는 길을 따라 10분쯤 언덕길을 올라갔다. 부드러운 핑크빛이 감도는 나무 대문집이 보였다. 바로, 노년의 세잔이 죽는 날까지 그림을 그렸던 그의 마지막 작업실, 아틀리에다.

저 멀리 생트 빅투아르산이 보이고, 마당은 1년 내내 프로방스의 햇살이 가득한 곳이다. 창이 커다란 세잔의 아틀리에는 2층에 있다. 1층은 기념품을 파는 부티크다.

소담한 세잔의 아틀리에는 남쪽과 북쪽 벽에 모두 커다란 창이 나 있다. 씩씩한 프로방스 햇살이 그의 작업을 거들어주었을 것 같다. 천장이 높은 그의 아틀리에에는 생전의 세잔이 사용했던 가구와 짙은 나무색 서랍장이 그대로 남아 있다. 그가 그림을 그렸던 그림도구도 있고 받침대 한쪽이 부서진 나무의자와 쿠션이 내려앉은 작은 소파도 보였다. 물감이 달라붙은 팔레트와 붓들, 먼지를 뒤집어쓴 유리잔과 와인 병들, 세잔이 입었던 카피색 울 코트와 검은색 트렌치코트까지. 아틀리에 안은 살아생전 세잔의 삶을 지극히 사실적으로 보여주고 있다.

아틀리에 정원은 커피를 팔지 않는 야외카페다. 정원 마당에 놓인 의자에 앉아 해바라기를 하며 세잔을 추억하기에 더 없이 좋은 곳이다. 세잔도 햇살이 가득한 뜰에 나와 산책을 하며 그림의 영감을 떠올렸겠지.

이곳은 그가 외로운 삶을 마감한 곳이기도 하다. 1906년 10월 16일, 그는 마당 한쪽에서 정원사의 모습을 스케치하다가 쓰러졌다. 며칠 동안 고열에 시달리면서도 붓을 놓지 않았던 것이 화근이었다. 그는 시내에 있는 집으로 옮겨졌고 곧바로 숨을 거두었다.

생트 빅투아르를 사랑했던 사람

내 기억의 세잔은 사과를 그리는 화가였다. 프랑스 화가 모리스 드니도 이런 말을 했다.

"역사상 유명한 사과가 세 개가 있다. 첫째는 이브의 사과고, 두 번째는 뉴턴의 사과, 세 번째는 세잔의 사과다. 평범한 화가

세잔의 〈사과 바구니가 있는 정물〉 📷

세잔은 에밀 졸라의 조롱에도 굴하지 않고
사과를 그리며 자신만의 화풍을 세웠다

의 사과는 먹고 싶지만 세잔의 사과는 마음에 말을 건넨다."

정말 그랬다. 세잔은 사과가 썩을 때까지 그림을 그리고 또 그
렸다고 한다. 이렇게 치열한 그의 화풍은 후기인상주의를 비
롯해서 입체파와 야수파, 상징주의 등에 영향을 주었다.

그런데 엑상프로방스에서 만난 세잔은 다른 모습이다. 이곳에
서 그는 사과가 아닌 생트 빅투아르산을 그리는 화가다.

엉뚱한 비유일지 모르겠지만, 스위스에 알프스가 있다면 액상
프로방스에는 생트 빅투아르산이 있다. 알프스처럼 거대한 산
은 아니지만 외모부터 범상치 않은 산이다.

세잔은 사과를 그렸던 것처럼 생트 빅투아르산을 그리고 또
그렸다. 액상프로방스 시내에서 자동차로 30분을 가야 하는
거리를 그는 화구를 메고 걸어 다니며 산을 그렸다.

아틀리에 근처에도 세잔이 생트 빅투아르산을 그렸던 곳이 있
다. 세잔의 아틀리에를 나와 북쪽으로 10분쯤 언덕길을 걸어
올라가면 만날 수 있는 레 로브 전망대다. 세잔은 이곳에서 시
시각각 변하는 산의 모습을 화폭에 담았다.

레 로브 전망대에 올라 천천히 주위를 둘러보았다. 저 멀리 보
이는 생트 빅투아르산이 가슴을 설레게 한다. 전망대 정상에
는 세잔이 그린 생트 빅투아르 그림들이 가득했다. 잘생긴 소
나무와 호리호리한 사이프러스 나무, 화려한 꽃나무 들 사이
로 보이는 프로방스 집들이 수채화처럼 아름답다. 찬찬히 프
로방스 집들 사이를 걷다가 잘생긴 생트 빅투아르를 바라보며
세잔의 열정을 생각한다. 친한 친구인 에밀 졸라의 빈정거림
에도 굴하지 않고 자신의 그림 세계를 지키고 만들어간 대화
가의 집념을 떠올려본다.

레 로브에서 세잔을 추억하며.

✼

고흐를 찾아서
Provence Letter #42

엑상프로방스가 폴 세잔의 도시라면, 아를은 빈센트 반 고흐를 추억할 수 있는 곳이다. 나쁘게 말하면 고흐를 내세워서 먹고사는 도시다. 왜 이렇게 과격하냐고? 고흐를 박대했던 아를 사람들이 미워서다. 그들은 가난한 화가 고흐를 냉대했고, 그의 삶을 더 비참하게 몰아갔다.
남프랑스 사람들 특유의 배타성 때문에 그랬는지 모르겠다. 하여간 아를 사람들은 강렬한 태양을 따라 따뜻한 남쪽으로 내려온 가난한 화가를 싫어했다. 그의 괴팍한 성격 때문일 수도 있겠지만, 그들은 천재적인 예술가의 삶을 못마땅해 했던 것 같다.

아를, 고흐를 찾아가는 길

고흐가 죽고, 그의 그림이 전 세계적으로 인정받자 아를 사람들도 달라졌다. 그들은 재빠르게 고흐를 아를의 대표적인 관광상품으로 만들었다. 도시 곳곳에 고흐의 산책로를 만들어놓았고, 박물관도 세웠다. 그리고 그가 살았던 엘로우 하우스와 그가 그림으로 남겨 놓은 카페, 그가 입원했던 정신병원을 찾아오는 관광객들을 환한 얼굴로 맞이하고 있다. 세상은 아이러니하다.

아를은 고대 로마시대의 유적 도시다. 그 옛날 프로방스 땅을 정복했던 로마인들은 아를에 수많은 건축물을 짓고 행복한 삶을 살았다. 2천년이 넘는 세월이 흐른 지금도 아를에는 그 흔적이 많이 남아 있다. 로마시대의 원형경기장과 고대 극장 그리고 공중목욕탕 외에도 아를 시청 지하에는 거대한 로마 유

적이 존재하고 있다.

아를의 원형경기장은 기원전 1세기에 지은 로마시대 투기장으로, 프로방스 지역에서 가장 규모가 크고 보존도 잘 되어 있는 곳이다. 관객 2만 명을 수용할 수 있고, 부활절부터 9월까지 투우 경기도 열리고 있다.

고대 극장은 원형경기장에서 멀지 않은 곳에 있다. 지금은 토대와 기둥만 남아 있는 쓸쓸한 모습이지만 예전에는 관객을 만 명이나 수용했던 대극장이었단다. 이곳에서는 야외 콘서트도 자주 열린다. 매년 8월에는 로마시대를 배경으로 한 영화를 상영하는 영화축제도 열린다.

오늘 나는 고흐를 추억하며 아를을 찾았다. 이곳에서 고흐의 발자취를 찾는 일은 로마시대의 유적을 찾는 것만큼 쉽다. 엑상프로방스 인도에 작은 동판으로 세잔의 발자취를 표시해놓은 것처럼, 아를에는 고흐가 새겨진 동판이 보도마다 박혀 있다. 이것을 따라다니다 보면 고흐가 아를에서 어떤 삶을 살았는지 알 수 있게 된다.

〈밤의 카페테라스〉가 깃든 아를의 밤

고흐의 발자취를 따라 그가 〈별이 빛나는 밤에〉를 그렸던 론강의 다리를 지나 그가 머물렀던 집, 엘로우 하우스를 찾아간다.

📷 고흐의 그림으로 남은 카페

이제는 고흐를 찾는 이들로
그림이 된 '카페 라 뉘',
시간이 멈춘 곳 같다

비운의 화가 빈센트 반 고흐는 1888년 2월 21일부터 이듬해 5월
까지 아를에 살았다. 동생 테오의 도움으로 어렵게 얻은 엘로
우 하우스에서 예술가 공동체를 꿈꾸며 프로방스의 태양과 함

께 예술혼을 불태웠다.

아쉽게도 그가 살았던 옐로우 하우스는 제2차 세계대전 중에 폭격을 맞아 파괴되었다. 새로 지어진 건물에 그가 살았던 집이라는 표시만 남아 있다. 안타까운 마음을 뒤로 하고, 고흐의 그림으로 유명해진 '밤의 카페'를 찾아간다.

발길이 닿은 곳은 포럼광장. 프로방스 시인 프레드릭 미스트랄의 동상이 서 있는 곳이다. 프로방스의 거센 바람과 이름이 똑같은 이 시인은 프로방스어로 시를 썼다. 노벨문학상을 받은 상금으로 박물관을 세워 프로방스의 민속과 언어를 보호했던 인물이다. 그러나 포럼광장은 고흐가 그림으로 남긴 '카페 라 뉘'로 더 유명하다.

그의 그림 〈밤의 카페테라스〉와 똑같이 생긴 이 카페는 고흐를 추억하며 찾아오는 전 세계 관광객들로 붐빈다. 카페에 앉아 그가 좋아했던 술, 압생트를 마셔보고 싶지만 와인이나 홀짝거리는 주량으로 어림도 없는 소리다.

서빙을 하는 갹송에게 진한 에스프레소를 주문하고, 카페를 둘러본다. 카페 전경은 그림과 똑같다. 밤이 아닌 낮에 이곳을 찾아온 게 왠지 아쉽다.

　　　카페를 나와 '에스파스 반 고흐'로 향한다. 골목길을 걸으며 고흐에게 아를은 어떤 곳이었을까 생각해본다. '색과 빛의 고장' 아를은 그의 화가 인생을 왕성하게 불태운 곳이자, 그의 인생을 불행의 구렁텅이로 빠트린 곳이기도 했다. 아를에서 고흐는 늘 힘들었다. 친구 고갱과의 갈등, 팔리지 않는 그림으로 인한 경제적인 압박에 시달리던 그는 결국 자신의 귀를 잘랐고, 이곳 정신병원에 입원하게 된다. 아를 사람들은 이 끔찍한 소식을 듣고, 미치광이 화가를 빨리 아를에서 쫓아내야 한다고 성토했단다.

반 고흐는 아를에 살면서 200여 점이 넘는 그림을 그렸다. 정신병원에 입원해서도 꾸준히 그렸다고 한다. 에스파스 반 고흐로 들어서자 그의 그림 〈아를병원의 정원〉과 똑같이 생긴 정원이 보인다. 한때 정신병원이었던 이곳은 종합문화센터가 되었다. 아름다운 정원을 중심으로 빙 둘러선 건물에는 도서관과 영상자료관, 번역학교, 전시관 등이 있다. 봄꽃으로 화려한 정원을 배경으로 여기저기서 사진을 찍는 관광객들이 보인다. 에스파스 반 고흐 1층 부티크에는 고흐를 추억하는 기념품들이 가득하다. 다른 곳보다 가격도 저렴하고 합리적이다. 그의 애잔한 삶을 가슴에 담으며 그가 그린 그림들과 그림엽서를 몇 장 집어 든다.

📷 고흐가 머물었던 정신병원 터와 그의 동상

주체할 수 없는 예술적 광기로 자신의 귀를 잘랐던
'미치광이 화가'의 삶처럼 그곳 정원은 꽃빛으로
흐드러져 있다

아를의 정신병원에 입원했던 고흐는 1889년 5월, 생 레미 드
프로방스 외곽에 있는 생 폴 드 모졸 수도원 병설 정신병원으
로 옮겨졌다. 알피유 산자락에 있는 이 작은 마을은 의사이자
천문학자, 위대한 예언가였던 노스트라다무스의 고향이기도
하다.

비운의 천재를 가슴에 담으며

　　　생 레미 드 프로방스 외곽에 있는 수도원 병설 정신
병원으로 들어가는 길. 입구에 걸어 놓은 강렬한 고흐의 자화
상을 보는 순간 마음이 무거워진다. 병원으로 들어가는 산책

길에 늘어선 그의 그림들도 아련하게 다가온다. 그림을 그리던 그의 열정이, 프로방스의 태양처럼 뜨거웠던 그의 정열이 서글프게 느껴진다.

앙상하게 뼈만 남은 그의 동상에서 치열했던 예술가의 삶과 고뇌가 고스란히 묻어난다. 예술가로서 성공한 삶이었을지 모르지만, 살아있는 동안 평범한 행복과 너무 거리가 멀었던 그가 가여워 코끝이 찡해진다. 불행했지만 성공한 예술가 빈센트 반 고흐의 마른 몸을 만지자 가슴이 뭉클해진다. 천재 예술가의 삶이 남긴 것은 무엇인가? 명성인가? 세계적인 동경과 추앙인가? 어쩌면 모두가 부질없을지 모른다.

집으로 돌아가는 길. 비운의 천재 화가를 가슴에 품은 내 삶이 무겁다. 나를 돌아보며 욕심처럼 끌어안고 있던 것들을 내려놓는 연습을 해본다.

누군가 나를 기억하지 않아도 좋다.
어차피 천재나 영웅으로 태어난 인생도 아니니까.
내게 주어진 삶을 살고 자연으로 돌아갈 때
"행복했노라"며 미소를 지을 수 있으면 좋겠다.

카뮈, 너무도 쓸쓸하고 강렬한
Provence Letter #43

2010년, 엑상프로방스 도서관에서 알베르 카뮈 사후 50주년을 기념하는 전시회가 열렸다. 작은 전시 공간에는 그의 사진과 책 들, 그가 살았던 프로방스 마을 루르마랭에 관한 정보가 가득했다.

전시장을 둘러보다가 카뮈의 흑백사진과 마주쳤다. 담배를 물고 특유의 시니컬한 표정을 짓고 있는 모습이 통증처럼 다가왔다. 너무도 잘생긴 그 모습 때문에, 그가 뿜어내는 우울함 때문에, 그가 썼던 수많은 작품이 새삼 버거워져 가슴이 먹먹해졌다.

루르마랭으로 가는 이방인

며칠 후, 그가 살았던 프로방스 마을 루르마랭을 찾았다. 이곳은 내가 프로방스에서 처음 만났던 아름다운 마을

이기도 하다.

프로방스에 막 첫발을 디딘 우리 부부는 루베롱 산자락을 헤매다가 반질반질 윤이 나도록 예쁜 프로방스 마을을 발견했다. 이름도 생소한 루르마랭. 가슴 설레도록 아름다운 이 마을에 마음을 빼앗긴 우리는 감탄사를 연발하며 마을길을 돌아다녔다.

루르마랭

이곳은 카뮈의 전성기와 함께했던 곳이자
그가 몸을 누인 곳이기도 하다

남편의 일터와 거리가 멀지 않았더라면 이곳에 집을 얻고, 프로방스에서의 삶을 시작하고 싶었다. 카뮈도 우리처럼 루르마랭에 마음을 빼앗기고 이곳으로 이사 왔을까?

카뮈는 1947년과 1948년 여름을 루르마랭 근처에 있는 루베롱산 마을에서 보냈다. 프로방스의 강렬한 태양을 바라보며 그는 고국 알제리의 뜨거운 태양을 떠올렸겠지. 결국 그는 1958년, 노벨문학상을 수상한 이듬해에 루르마랭에 집을 샀다. 그는 그 집에서 어느 때보다 열정적으로 글을 썼다.

처음 내가 이곳을 찾았을 때, 프로방스 새내기였던 나는 루르마랭에 대해 아무것도 몰랐다. 마을이 예뻐서 여기서 살고 싶다는 생각뿐이었다.
그러다가 《나의 프로방스》를 쓴 피터 메일이 이곳에 살고 있다는 이야기를 들었다. 그가 처음 프로방스에 정착해 살던 마을 사람들과의 불화를 이기지 못하고, 이곳으로 이사 왔다나? 아마 피터 메일이 책을 쓰면서 이웃 사람들의 행태를 적나라하게 묘사했던 것이 불화의 원인이었던 것 같다. 가뜩이나 배타성이 강한 남프랑스 사람들인데, 굴러 들어온 영국인이 자신들의 치부를 전 세계에 떠들어댔으니 얼마나 미웠을까.

얼마 후, 나는 《이방인》을 쓴 작가 알베르 카뮈가 생의 마지막 2년을 이곳 루르마랭에서 보내고, 영원히 잠들어 있다는 이야기를 들었다. 그 순간부터였을 것이다. 유치하게도 그 순간부터 내게 루르마랭은 특별한 의미가 되었다.

루르마랭의 마을 풍경 📷

카뮈가 생의 마지막을 보낸
루르마랭은
낭만으로 가득하다

태양은 무자비하고, 신은 내려앉고

아름답다고 감탄하며 서성이던 마을길 어느 곳엔가 카뮈의 발자국이 찍혀 있을 거라는 생각에 소녀처럼 가슴이 두근거렸다. 내가 태어나기도 전에 세상을 떠난 그를 뒤늦게 추모하며 마을 구석구석을 돌아보기도 했다. 마을 중심에 있는 카페테라스를 바라보며, 카뮈도 이 카페에 앉아 압생트 주를 마셨을까, 아니면 파스티스를 마셨을까 하는 실없는 상상도 했다. 그런데 선뜻 그를 만나러 가지 못했다. 무엇이 그렇게 부끄러웠는지, 아니 두려웠는지 모르겠다. 그가 잠들어 있는 곳을 찾아볼 용기가 나지 않았다.

오늘도 마을길을 걸으며 그를 생각한다. 7월의 뜨거운 태양이 머리위로 쏟아져 내리고, 마을은 뜨겁고 건조한 에너지로 가득하다. 《이방인》의 뫼르소를 질식시켰던 알제리의 무자비한 태양이 이랬을까? 뫼르소가 '네 번의 총성'과 함께 불행의 문을 네 번이나 노크했던 것은 정말 태양 탓이었을까?
건조하고 뜨거운 프로방스의 태양과 맞서며 마을을 걷던 나는 결국 백기를 들고 그늘을 찾아든다. 카페테라스에는 그늘로 몸을 피해 앉은 사람들로 가득하다. 한가롭게 파스티스를 마시는 그들의 얼굴이 평화로워 보인다. 카페에 앉아 바라보는 마을길은 또다른 느낌이다. 아기자기한 부티크들과 아트 갤러리가 즐비한 골목길이 햇살과 함께 반짝인다.

마을길을 돌아 나오자 우뚝 솟은 성이 보인다. 12세기에 처음 지어진 이 성은 15세기에 다시 건축했고, 1920년에 복원되었단다. 내 시선은 거대한 성보다 마을과 성 사이를 그림처럼 이어주고 있는 푸르른 들판으로 향한다.

태양이 눈부시게 쏟아져 내리는 이 순간, '봄철에 티파사에는 신들이 내려와 산다'로 시작하는 카뮈의 아름다운 산문 〈티파사의 결혼〉이 떠오른다. 그가 '어떤 시간에는 들판이 햇빛 때문에 캄캄해진다'고 썼던 것처럼 마을 입구에서 바라본 들판에는 햇빛이 만들어놓은 어둠이 보인다. 이제 그를 만나러 갈 시간이 된 것 같다.

너무나 쓸쓸해서 더 사무치는

마을을 나와 27번 국도를 건너자 그가 잠들어 있는 공동묘지가 보인다. 육중한 철문 앞에 잠시 멈추어 선다. 담장 너머로 삐죽삐죽 솟아오른 사이프러스나무들이 인사를 하듯 설렁거린다. 그는 이곳에 소박한 모습으로 잠들어 있다.

파리 몽파르나스묘지에 있는 사르트르의 묘처럼 주목받지도, 생 폴 드 방스에 있는 샤갈의 묘처럼 번듯하지도 않은 모습이다. 너무 소박해서 초라함마저 느껴진다. 그나마 프로방스의 태양이 다정하게 비치는 곳에 누워 있어서 다행이다.

알려진 대로 카뮈는 자신이 살던 루르마랭 근처에서 자동차

사고로 죽었다. 젊은 시절 그는 자동차 사고로 죽는 것이 가장 '불행한 죽음'이라고 했다는데, 안타깝게 그는 자신이 생각하는 가장 불행한 방법으로 죽음을 맞았다. 그런데 왜 그는 가족과 기차를 타고 파리로 가려던 계획을 접고 출판업자가 운전하는 자동차를 탔을까? 그가 탄 자동차는 왜 파리까지 무사히 가지 못하고, 빌블르방에서 미끄러져 전복되었을까? 그의 죽음이 모종의 음모와 연관되어 있다는 소문은 진실일까?

작고 투박한 그의 묘는 허망했던 그의 죽음만큼 초라하다. 가난한 알제리 출신이지만 노벨문학상을 받은 프랑스 작가로, 최고의 지성으로 영화를 누렸던 그의 마지막 모습이 이렇게 쓸쓸할 줄 몰랐다. 하지만 이 모든 것이 그의 뜻이란다. 생전의 그는 입버릇처럼 자신의 묘를 소박하게 만들어 달라고 했단다.
죽음은 원하지 않던 순간에 찾아왔지만, 그는 자신이 원했던 방식으로 자신이 바라던 자리에 잠들어 있다. 그는 지금 자신이 사랑했던 프로방스 마을에서 진정한 휴식을 즐기고 있는지 모른다. 나는 방해하지 말아야 할 시간을 넘어온 사람처럼 황망하게 그의 묘를 떠난다.

한 줄기 건조한 바람이 라벤더 향기를 품은 채 그를 스친다.

프로방스를 떠나며

'프로방스'는
내게로 돌아오는 길이었다

마흔 고개를 넘으며 소망 하나를 품었다. 내게 안식년을 선물해야지. 그동안 일하랴, 살림하랴, 아이 키우랴, 시부모 모시랴 치열하게 살아온 내 삶에 휴식을 주어야지.

이런 소망으로 안식년을 꿈꾸기 시작했다. 무엇을 할지, 무엇을 하고 싶은지 생각하면서 내 안에서 그 꿈이 자라났다. 여행과 어학공부를 하고 싶었다. 물가가 비싸지 않은 중국에 가, 중국말을 배우고 중국을 여행하고 싶기도 했다.

그러나 가족에게 이런 내 마음을 드러내지 못했다. 비웃을 것 같았다. 뭘 그렇게 잘 했다고, 뭐가 그렇게 잘났다고 안식년을 요구하느냐 할 것 같았다. 당장 내가 빠지면 엉망이 될 집안일도 걸렸다. 소심해 말도 못 꺼냈고, 속으로 앓았다. 이러다가 꿈으로 끝날 것 같았다.

그렇게 7년. 가슴앓이를 하던 꿈이 기적처럼 이루어졌다. 그것도 중국이 아닌 프랑스의 프로방스에서. 꿈보다 더 멋진 모습으로 이루어졌다.

프로방스에서 참 행복했다. 꿈을 이룬 것 외에도 얻은 것이 많았다. 아침이면 새소리를 들으며 잠에서 깨어났고, 창을 열면 페퍼민트향보다 더 맑고 싱그러운 공기가 나를 기다리고 있었다. 느림의 미학으로 가득한 프로방스의 삶은 내 마음을 편안하게 해주었다. 경쟁하듯 치열하게 살지 않아도 된다는 사실은 축복 같았다. 느리게 천천히 걸었지만 프로방스의 시계는 뒤처지지 않았다.

그곳에서 나는 무엇이든 새롭게 시작했다. 낯선 곳에서의 삶을 기쁘게 받아들였고, 낯선 나라의 말을 배웠다. 스마트폰이 없어도 불편하거나 주눅 들지 않았고, 스키니 바지 대신 다리가 길어 보이는 세미 판탈롱을 입어도 유행에 뒤떨어지지 않았다. 마음을 열고 친구를 사귀며 새로운 문화도 만났다. 인간은 끊

임없이 진화하고, 배움에는 끝이 없다는 진리도 알게 되었다. 나름의 차이를 인정하게 되었고, 진정한 행복이란 무엇인가를 생각했다. 성공한 삶보다 사소한 일상이 주는 소중함을 배웠고, 마음의 부자란 어떤 것인지 알게 되었다.

시간은 빠르다. 느릿느릿한 프로방스 시간도 어김없이 흘렀다. 내게 허락된 시간이 끝난 것이다. 예정된 이별이었지만, 프로방스와 헤어지는 일은 쉽지 않았다. 친구들과의 이별은 더 힘들었다. 만삭의 제니는 눈물을 흘렸다. 언젠가 다시 만날 것을 약속했지만, 그 약속이 지켜질지 아무도 장담하지 못했다.

아직 못 다한 이야기가 많다. 열 번도 넘게 찾아갔던 아비뇽의 끊어진 다리, 사계절 아름다웠던 칼랑크의 마을 카시에 두고 온 내 마음, 니스에서 출발하는 프로방스 기차를 타고 간 마을의 카페와 골목길. 프로방스 와이너리에서 맛보았던 달콤한 와인들, 지중해변을 따라 달리며 함께한 칸과 니스, 그리고 모나코와 망통에서의 추억……

이제 프로방스는 내게 과거가 되었다. 다시 돌아올 수 없는 그
시절은 그리움으로 남았다. 고마운 것은 '나의 프로방스'를 글
로 남길 수 있는 기회를 만났다는 사실이다. 글을 쓰는 동안 다
시 프로방스로 여행을 떠났고, 내 안의 프로방스를 만났다. 아
름다운 재회였다. 깊은 곳으로 숨어버리려는 기억을 붙잡아,
내 안에 소중하게 간직할 수 있었던 시간이었다.
프로방스와 아름답게 재회할 수 있도록 도와준 분들에게 머리
숙여 감사드린다.

여행은 집으로 돌아오기 위해 떠나는 것이라고 말한다. 돌이
켜보니 프로방스에서의 삶은 내게 돌아오기 위한 여행이었나
보다.

언어

외국에서 사는 일은 여행처럼 낭만적이지 않다. 삶은 현실이니까. 나는 경험도 준비도 없이 프로방스에 왔다. 당연히 어렵고 힘든 일이 많았다. 인간의 가장 기본적인 문제, 의식주를 해결하는 일부터 쉽지 않았다. 그래서 의식주를 기본으로 생활에 필요한 정보 몇 가지를 적어본다.

언어 문제부터 짚어보자. 프랑스 사람들은 영어를 못하기로 유명하다. 모국어에 대한 자부심이 강해 그렇다고 알려져 있지만, 실제로는 우리처럼 영어를 두려워하고 공부하는 일을 힘들어하기 때문이란다. 그래도 쇼핑은 큰 문제없이 할 수 있다. 상인들은 대부분 영어를 하는 편이고, 젊은 사람들도 영어 공부에 불을 켜고 있으니까. 프랑스어를 알면 프로방스에서 사는 일이 더 즐겁겠지만, 모른다고 기죽을 필요는 없다. 정 안 되면 만국 공통어인 보디랭귀지로 해결하면 되니까.

주거

프로방스로 출발하기 전에, 아래 사이트에 접속해서 우선 머무를 집을 구해보자. 장기임대부터 단기임대, 잠깐 묵을 수 있는 호텔 정보까지 다양하게 알 수 있다.

❶ http://www.homelidays.com

홈리데이스닷컴은 프로방스뿐 아니라 유럽 전 지역에서 머물 집을 찾을 수 있는 사이트다. 본인이 원하는 나라와 지역, 원하는 집과 규모, 예산을 꼼꼼하게 따져보고 집을 구할 수 있다. 프랑스어뿐 아니라 영어, 독일어, 이탈리아어, 스페인어, 포르투갈어, 네덜란드어로 검색이 가능한 사이트다.

나도 프로방스의 마지막 한 달을 이 사이트를 통해 얻은 아파트에서 보냈다. 가격은 집의 상태에 따라, 위치에 따라, 시즌에 따라 천차만별이었다. 내가 알아본 아파트는 일주일에 400유로를 받는 곳이었다. 인터넷은 물론이고 집안 살림이 다 갖추어져 있어서 몸만 들어가 살 수 있는, 시설이 좋은 곳이었다.

집주인과 계약하면서 이메일로 가격흥정을 했다. 장기투숙을 하면 가격을 깎

아주는 것이 룰이었다. 마침 비수기라 집주인은 흔쾌히 한 달에 900유로로 조정해주었다.

프로방스 생활을 제대로 즐기고 싶다면 수영장이 있는 집을 구하는 것도 좋다. 일행이 많을수록 호텔보다 가격이 저렴하다. 잘 알겠지만 성수기에는 집 구하기가 쉽지 않다. 미리 예약해야 쉽게 구하고, 가격도 저렴해진다는 것을 명심하자. 집을 찾을 때는 본인이 원하는 조건을 갖추고 있는지 꼼꼼하게 따져봐야 한다. 시내에 있는 집들은 주차장이 없는 경우도 많기 때문이다.

@ http://en.aixenprovencetourism.com

두 번째 사이트는 엑상프로방스 관광정보센터에서 운영한다. 작은 스튜디오부터 호텔, 바캉스용 대저택까지 다양하게 머물 곳을 찾을 수 있다. 프로방스의 진가를 만끽할 수 있는 샹브르 도트는 물론이고 유학 오는 학생들이 장기 체류할 수 있는 스튜디오 정보도 많이 나와 있다.

그밖에도 집을 구하는 사이트는 많다. 부동산회사에서 운영하는 인터넷사이트도 수두룩하다. 문제는 언어. 대부분 프랑스어를 알아야 정보를 얻을 수 있다.

프랑스어를 잘한다면 현지에서 부동산 사무실을 찾아가 직접 구하는 것도 좋

다. 대신 외국인의 주택 임대 조건이 까다롭다는 사실을 명심하라.

먹을거리

프로방스는 물가가 비싼 곳이다. 레스토랑에서 식사하는 비용도 만만치 않다. 그런데 신기하게 식재료 가격은 싸다. 고기, 치즈, 우유 가격이 우리나라보다 훨씬 저렴하다. 엑상프로방스에서도 1년 내내 신선한 과일과 채소를 싼값에 사 먹을 수 있다. 어디서 사냐고?

아침 시장

프로방스의 상징이라고 할 수 있는 곳이다. 엑상프로방스 리셸름 광장에서는 매일 오전에 과일과 채소, 치즈를 파는 시장이 열린다. 본격적인 아침 시장은 매주 화, 목, 토 오전. 시장 구경을 할 수 있는 날이다. 이곳 사람들은 시장에서 파는 치즈와 과일, 채소 들이 까르푸 같은 대형 할인매장에서 파는 것보다 훨씬 질이 좋다고 믿는다. 그만큼 시장 물건을 신뢰하고 있다.

슈퍼마켓 'DIA'

디아는 싱싱한 과일과 채소 값이 유난히 싼 슈퍼마켓이다. 까르푸 같은 체인 슈퍼마켓으로, 엑상프로방스 시내에도 매장이 있다. 알뜰주부는 물론이고 주머니가 가벼운 유학생들의 단골 슈퍼마켓이다. 계절에 따라 값이 약간 달라지지만, 빨간색 파프리카 1킬로그램을 4천원에 살 수 있고, 바이오당근 1킬로그램을 3천원에, 양파 5킬로그램을 3천원에, 아보카도 세 개를 2천원에 구입할 수 있다.

'Monoprix'와 동네 슈퍼마켓

디아는 아쉽게도 7시가 넘으면 문을 닫는다. 평일 점심시간에 쉬기도 한다. 그럴 때는 모노프리나 동네에 있는 작은 슈퍼마켓을 이용해야 한다. 모노프리는 과일과 채소 가격이 디아보다 비싸지만, 질 좋은 고기와 생선, 우유와 치즈를 파는 곳으로 알려져 있다.

슈퍼마켓들은 대부분 일요일에 문을 닫는다. 괜히 우리나라에서 하던 습관대로 '일요일에 장봐야지' 하다가 배고픈 서러움을 겪을 수도 있으니 주의해야 한다.

한국 음식 재료를 살 수 있는 중국 상점

느끼한 프랑스 음식만 먹다 보면 우리 음식이 그리울 때가 많다. 파리에는 한국 음식 재료를 파는 슈퍼마켓이 많지만, 이곳 프로방스에는 따로 한국 음식 재료만 파는 가게는 없다. 대신 마르세유에 있는 중국 슈퍼마켓 파리스토어나 엑상프로방스 시내에 있는 베트남 식품점 순리에 가면 우리 음식에 대한 갈증을 풀 수 있다. 라면은 물론이고 고추장, 된장, 김 등등 다양한 한국 식재료를 살 수 있다.

주머니가 가볍다면 'Flunch'에서

프랑스의 식재료 가격은 분명히 싼데, 음식 값은 우리나라보다 훨씬 비싸다. 왜 그럴까? 여러 가지 이유가 있겠지만 인건비 영향이 큰 것 같다. 하여간 프로방스에서는 만원을 가져도 흡족하게 밥 한 끼를 먹기 힘들다. 샌드위치와 음료수로 대충 식사를 해결해도 만원이 부족할 정도니까.

카페테리아 프런치에서는 만원으로 흡족하게 식사할 수 있다. 6유로짜리 메뉴를 하나 시키면 사이드디시로 나오는 온갖 요리를 먹을 수 있다. 감자튀김이나 퓨레, 온갖 채소요리는 메인요리보다 더 맛있을 때가 많다. 그런데 이상하게 프랑스 사람들은 누구나 싼 가격에 마음껏 음식을 먹을 수 있는 이곳을 별로 좋아하지 않는다. 정통 레스토랑이 아니고 인스턴트 분위기가 난다는 선입견 때문인 것 같다. 그럼 어떤가? 식당이 싸고 맛있으면 그만이지. 음식도 빨리빨리 나와 우리 취향에 딱 어울리는 곳이다.

가장 흔한 이탈리아 식당 'Pizzeria'

유럽을 여행하다 보면 이탈리아 식당을 많이 만난다. 고급 이탈리아 레스토랑도 있지만, 대부분은 피자리아 같은 가벼운 이탈리아 식당들이다. 파리에 살고 있는 친구 남편은 피자리아를 우리나라 분식집에 비유했다. 그만큼 쉽게 식사할 수 다는 의미다. 10유로 내외로 피자나 스파게티를 먹을 수 있으니까, 프로방스에서는 저렴한 분식집일지도 모르겠다.

샌드위치카페와 크레페 식당, 케밥 가게

가볍게 점심을 먹고 싶다면 샌드위치를 파는 작은 카페와 크레페 전문 식당, 그리고 터키 음식인 케밥을 파는 식당을 찾아가 보자. 모두 엑상프로방스 시내에 있다. 가격은 메뉴에 따라 다르지만 만원 내외. 햇살이 쏟아지는 카페테라스에서 커피나 차와 함께 바게트 샌드위치를 먹는 맛도 일품이다.

정통 레스토랑

엑상프로방스의 상징, 미라보 거리에는 카페 레스토랑이 많다. 역사와 전통을 자랑하는 훌륭한 레스토랑들이다. 레스토랑이 밀집해 있는 식당가 골목길도 구석구석 많이 있다. 가격은 식당에 따라, 메뉴에 따라 다르다. 와인을 곁들인 식사를 하려면 일인당 5만원 이상은 가져야 한다. 세트 메뉴를 선택하면 4만원 정도로 와인과 함께 식사를 즐길 수도 있다. 참! 한국 음식을 파는 레스토랑도 있다. 정통 한국 음식은 아니지만 달콤한 김치찌개가 나름 맛있다고 한다.

입을 거리

패션의 나라, 프랑스의 옷값은 우리나라처럼 브랜드별로 차이가 많이 난다. 유명 브랜드 옷은 비싸고 소재도 좋은 편이다. 이에 반해 중저가 의류는 옷감 소재가 좋지 않고, 세탁할 때 물이 빠지는 옷들도 적지 않다. 중국과 인도 등에서 주문자제조 방식으로 만든 옷들이라 그렇단다. 디자인은 세련되고 멋있지만 옷감 소재가 나빠 옷의 질이 떨어져 보인다. 역시 우리나라 옷이 값도 싸고 질도 좋다는 결론을 내리게 된다.

그러나 세일이 시작되면 모든 것이 달라진다. 옷값이 엄청나게 싸진다. 50퍼센트 할인부터 시작되는 세일은 80 내지 90퍼센트 할인까지 내려간다.
1년에 두 번, 1월과 7월에 있는 세일을 잘 활용하면 멋진 옷과 신발을 저렴한 가격에 살 수 있다는 사실을 기억하고. 꼭 세일할 때 쇼핑하자.

행정 서비스

아무리 프로방스가 '느림의 미학'을 발견할 수 있는 곳이라지만, 느린 행정처리 때문에 혈압이 오를 때가 종종 있다. 느릿느릿 제멋대로인 프랑스 공무원들의 횡포는 프랑스 사람들도 불만이 많다고 한다.

우리나라에서 전화만 하면 바로 개통되는 인터넷이 프로방스에서는 한 달이나 걸린다면 믿을까? 실제로 그랬다. 인터넷 회사 직원의 실수로 4개월 만에 인터넷을 개통한 집이 있었고, 나도 신청한 지 한 달이 지나서야 겨우 인터넷을 쓸 수 있었다.

전기요금도 이런저런 경로로 바가지를 쓰다가 나중에 제대로 된 요금을 낼 수 있었다. 하여간 마음씨 좋아 보이는 프로방스 사람들이 일처리를 엉망으로 하는 것은 알아주어야 한다. 그러므로 느리고 부정확한 서비스 때문에 너무 스트레스 받으면 안 된다. 그러려니 하며, 이곳에 사는 동안 마음을 편안하게 먹는 것이 정신건강에 좋다.

프로방스에서 즐기는 축제

니스 카니발 2월 중순에서 3월 초 니스에서 열리는 3주간의 사육제

망통 레몬축제 2월 중순에서 3월 초 3주간 망통에서 펼쳐지는 레몬 축제로, 정
    식 명칭은 'La Fëte du Citron'

미모사축제 2월 중순 칸 근처 바닷가 마을 만델리외라나풀에서 열흘 동안 펼쳐
    지는 노란 미모사꽃 축제

헤네왕 축제 4월 중순 이틀간 엑상프로방스 근처 페이롤 앙 프로방스에서 열리는
    중세 축제

칸영화제 5월 2주간 휴양도시 칸에서 열리는 세계적인 영화축제

생트마리 드라메르 순례자축제 5월 24일과 10월 22일에 가장 가까운 주말에
    개최

오랑주음악제 6월 하순부터 8월 중순까지 프로방스의 고도(古都) 오랑주에서
    로마 시대의 극장을 무대로 열리는 오페라축제

아비뇽연극제 세계적인 연극 축제로, 7월 둘째 주부터 3주간 아비뇽 전역에서
    공연

발랑솔 라벤더축제 7월 중순 주말, 프랑스 남부 내륙의 고원지대 발랑솔에서 열

리는 축제와 퍼레이드

엑상프로방스 뮤직페스티벌 7월 한 달 간 열리는 국제적인 오페라 · 콘서트 축제

앙티브 재즈페스티벌 7월, 니스와 칸 사이에 위치한 앙티브와 주앙레팽에서 2

주간 열리는 국제적인 재즈 축제

아를 쌀 축제 9월. 카마르그 쌀 수확을 기념하는 축제. 백마와 투우 소 그리고

사람들이 뒤섞여 뛰고, 춤추고 노래하며 신나게 축제를 즐긴다. 정식 명

칭은 'Feria du Riz'

엑상프로방스에서 즐기는 축제

2월 장터축제

4월 만화영화축제 / 엑상프로방스 카니발

5월 남도축제(C'est sud) ― 음악과 춤, 연극의 축제

6월 정원축제 ― 숨겨진 멋진 정원을 공개하는 행사

빼뜨 드 라 뮈지크(Fête de la musique) ― 6월 21일 프랑스 전역에서

열리는 음악 축제

7월 페스티발 엑상프로방스

혁명기념일 불꽃놀이축제 ― 프랑스 전역에서 불꽃놀이 행사

엑상프로방스 와인축제 ― 미라보 거리에서 엑상프로방스 와인 시음

8월 야외영화제 ― 7, 8월 주말 밤에 미술관 마당, 공원 등에서 무료 영화 상영

거리음악회 ― 8월 말에서 9월 초 무료 거리 음악 공연

9월 칼리송 감사축제 ― 9월 첫 일요일. 아몬드 과자 칼리송을 맛보며 감사를

올리는 축제

재즈의 밤 ― 밤새도록 열리는 재즈축제

문화유산의 날 ― 프랑스 전역에서 문화유산을 무료로 개방

10월 책 축제 — 도서관에서 열리는 문학의 날 행사로, 세계 유명 작가와의 만남도 가능

11월부터 1월 크리스마스 행사 — 거리 곳곳에 크리스마스 조명등이 달리고, 크리스마스 전통시장이 매일 열린다. 올리브 오일과 프로방스의 전통 도자기 인형인 상통을 파는 전문 시장도 선다.

엑상프로방스에 관한 더 자세한 정보는http://www.aixenprovencetourism.com 참조